KB050351

범종과 맥파이

시작시인선 0418 범종과 맥파이

1판 1쇄 펴낸날 2022년 4월 11일
지은이 강애나
펴낸이 이재무
기획위원 김춘식, 유성호, 이형권, 임지연, 홍용희
책임편집 박찬세
편집디자인 민성돈
펴낸곳 (주)천년의시작
등록번호 제301-2012-033호
등록일자 2006년 1월 10일
주소 (03132) 서울시 종로구 삼일대로32길 36 운현신화타워 502호
전화 02-723-8668
팩스 02-723-8630
블로그 blog.naver.com/poemsijak
이메일 poemsijak@hanmail.net

ISBN 978-89-6021-624-2 04810
978-89-6021-069-1 04810(세트)

값 10,000원

범종과 맥파이

강애나

천년의 시작

시인의 말

호주 SYDNEY의 시詩 든 이가 시詩로 세상의 흐름을 맑게 하고 싶다. 마리오 히메네스가 시를 쓴 것은 파블로 네루다가 시란 은유라고 말했기 때문이다. 은유란 뜻을 알고 처음으로 문장을 만든 것이 "나는 서글픈 그늘을 잡아당겼다"였다. 네루다의 우편배달부에 지나지 않던 마리오가 그렇게 유명해진 것은 그 은유가 영화 《일 포스티노》에 소개되면서부터였다. 그런 나도 잊지 않고 16년 동안 시 쓰기를 반복하고 좋은 스승님의 가르침으로 읽고 배웠다. 그런 시어詩語로 곰삭혀 온 말과 말이 말갈기로 달려와 언어의 향기를 나누고 싶다. 꽃은 피어서 향기롭지만 지고 나면 기억 속의 향기만 남는다. 시는 나의 종교요 철학이며 일상의 떠오르는 일출이다. 또한 나의 스승이기도 하다.

차 례

제2부 Up & Down

제3부 보름달

해 설

제1부 시드니의 시詩 든 여자 집

늘 봄만 같아라

봄에는
꽃잎이
소리 없이 미소 짓고
바람은
살랑살랑
꽃 이파리 사이로
날개 없이 다가와
온갖 색을
향기로 날리네.

떠도는 장미

우리 모두 궤도를 떠도는 장미꽃일까?
가까이 갈수록 별은 나를 밀어낸다.
바그너와 니체로 극과 극이 되어 있다.

별에서 내려다본 장미꽃은
모래 속에 묻힌 점 하나
우린 모두 궤도를 떠도는
색과 향기 지닌 꽃 이파리
별은 별똥별로 남고
꽃은 꽃씨로 흩어져
새로운 생을 꿈꾼다.

너와 나는 시들지 않으려는 장미꽃
고추바람에서 떨어져
가 버린 것을 덧칠하고 있을까?

별을 보며 큰 별을 찾아
장미꽃을 피우려는 자 누구일까?

백작약꽃

울 엄마 시집오던 그 길에 백작약꽃
꽃잎은 하늘 보고 하얗게 수줍음 띤

저 멀리 뭉게구름 순백 향 꽃잎 싣고
흰 치마 바람결에 나비로 날아올라

그 꽃잎 고웁게 따서 백작약꽃 수놓아
한평생 고달픈 일생 하염없이 닦았네

무명의 가시밭길

가슴에서 징이 울립니다
절명의 소리
회한의 길로 들어섭니다
가엾고 외롭고 슬픔이 많은 사슴입니다

사슴이 가는 가시밭길 선인장 길
발밑을 찌르는 가시덤불

흥건한 피를 말리며
저 먼 곳을 향하여 가는 길
깨달음을 얻게 하시고
생명의 빛을 비추소서

비바람 치는 날에도
사슴에게 향기로운
시의 관을 쓰게 하사
가는 길에
검은 구름 머물지 않고
광명으로 밝혀 주소서

>

볼펜 한 자루가 여는 새로운 세계
만인의 축복을 받게 하소서.

임인년 새해 모두

검은 구름바다에 잠긴 해가
수평선으로 튀어 오릅니다

검은 범 털이 휘날리고
어흥 소리치며 고개 내밀어 해를 보고
푸른 소나무 가지에 숨은 산신령이 튀어나와
새해의 붉은 햇살을 휘젓고 다닙니다

그 모진 고난 물리치고
금을 가득 실은 신비한 도깨비의 묘술로
희망찬 내일로 달려갈 수 있기를
그들의 새 신발 새 옷이 낡을 때까지
자유로운 광장에서 노래하기를
한 사람 한 사람 꽃 피우는 정원에서
노랫소리 울려 퍼지기를
창문 안에서 향기 초처럼 웃음을 밝힐 수 있기를
참새 떼가 날아가는 창밖을 바라보면서
창공으로 모두 큰 날개를 펼 수 있기를

임인년의 호랑이 위엄으로 항상 건강하시길

코로나를 물리치고 희망의 빛을 잃지 않기를
항상 할 수 있다는 용기와 자부심으로
임인년에는 무거운 돌도 깨부술 것을.

시드니의 시詩 든 여자 집

쿠카바라가 아침을 몰고 오는 초등학교 옆 앨버트 로드에는, 시드니의 시詩 든 여자가 시 향기를 풍기며 삽니다. 그 향기로 유칼립투스의 바람을 거둬들이죠. 가방을 메고 그 여자 정원 앞을 재잘거리며 등교하는 초등학생들, 쿠카바라만큼 깔깔 웃으며 스쳐 가네요. 학교가 파하면 그 아이들은 다시 그녀 정원의 빼곡한 레몬과 오렌지 향기에 취해 집 앞을 떠나질 않지요. 그 곁으로 두 다리를 못 쓰는 인도 여자아이가 휠체어를 타고 지나가네요. 그 아이를 보면 다리가 부러진 파랑새 같아서 늘 스티븐 호킹의 생애를 느낍니다. 바람도 아는지 그 여자아이가 지나가면 베란다 창살에 놓인 풍경이 가만가만 흔들려요. 시詩 든 이는 늘 아이들과 함께여서 절대로 시들지 않고 스트라스필드 앨버트 로드 우편함에서 서울 소식을 기다려요. 유칼립투스 숲 주소에 사는 시詩 든 이가 오늘도 코로나-19로부터 안녕하기를 바라며, 지나가는 사람에게도 HELLO! 인사를 건네 봅니다.

모과

보소송 하얀 털에 겉껍질 끈적끈적
누렇고 딱딱하고 모양은 투박하네

달고도 시큼 새콤 냄새도 신선하네
쪼개어 잘라 보니 붉은 씨 가득 품고

모성애 품은 사랑 은은히 향기롭다
그 향기 맡아 보니 거울을 쳐다보는

울 엄마 구리무 냄새 분결 같은 살냄새
울 할매 까만 긴 머리 동백기름 같아라

범종과 맥파이*

새벽을 깨우는 것은
범종 소리뿐만 아니다.

꺼겅꺼겅! 아침에 우는 맥파이는
하루를 멀리 보내기 위한
시간의 저울이라고 생각한 적 있지
꺼겅꺼겅! 맥파이가 울림을 토하는 건
세상 어둠을 쓸어버리기 위해
흙 속에 잠자던 푸른 생명까지
끌어 올리는 거라고 느끼고 있어

맥파이가
쉬고 있는 유칼립투스의 귀를 열어
긴장된 울림이 허공으로 퍼지면
땅에서 기어오르는 뿌연 안개 커튼을
날개로 걷어 내려고 안간힘을 쓰겠지
마치, 바람개비가
바람에 얻어맞아 끊임없이 돌아가듯
날개의 깃털은 바람을 따라
시원함을 들여오고

대지의 뜨거움을 몰아내려는
시간의 몸부림이야

꺼겅꺼겅 메아리는 대지의 경계를 넘어
유칼립투스에 푸른 시계를 걸어 놓지
일출과 일몰을 알리는 맥파이 부리가
힘겹다는 걸 느낀 적 있지
새벽을 깨우는 맥파이는
잠자는 모든 생을 깨우치게 하는
범종의 보디사트바Bodhisattva**야
천 개의 손이 만들어 내는 바람은
초록 들판으로 펼쳐 가고
하나의 생명이 기쁜 울음을 토하면
또 하나의 생명은 울음을 멈추지.

* 맥파이: 호주 까치의 일종으로 여러 가지 울림의 소리를 낸다.

** 보디사트바Bodhisattva: 보리살타, 보살.

예고 없는 울음소리

아침마다 유칼립투스 가지에서 쿠카바라가 하늘의 소리에 답하면, 불어오는 바람은 두꺼운 허공을 밀치고 스쳐 간다. 바람이 휘몰아치면 고목도 흔들렸다. 예고하지 못했던 고통스러운 소리가 부러진 가지가 될 줄이야! 날던 새들도 날개를 접고 오랜 시간을 버텼다.

푸릇한 세월을 걸쳤던, 기억 속 시간의 풍경들이 밀물 썰물로 낮아진 모래톱 같다. 나무를 스쳐 간 꽃들도 휘어진 바람의 지팡이를 잡고 있을까? 꽃들의 심장을 차게 한 십자성의 별똥별 하나가 떨어진다.

매일 개와 산책하던 노인의 눈동자를 무엇이 슬프도록 젖게 하는가? 원을 돌고 도는 노인들의 한 걸음 한 걸음마다 큰 숨은 가늘어 간다. 쓸쓸하고 어두운 앨버트 로드의 하루, 〈자클린의 눈물〉 거리에서 끊이지 않는 이별의 세레나데를 듣는다.

내가 사랑한 사람들이 하나, 둘 깊이 잠든 기억의 구름으로 사라진다. 푸릇한 생은 오래 머물지 않고 바람 따라 날아간다. 쿠카바라는 또 지상의 일들을 하늘에 알린다. 슬픈 집시의 사랑은 꺼져 가더라도 살며, 우리 모두 부패한 시간을 충전하며 살아간다.

코로나-19여 안녕

박쥐의 날개가 덮인 하늘길
날아가는 비행기가 원망스럽다
공항에서 가족을 보던 때가 그립다

쇼핑센터와 공공장소에서 마스크를 안 써도
이백 불 벌금이 없는 날이 언제일까?
하하 웃는 친구의 하얀 이가 보고 싶다
이제 손등이나 팔로 툭, 치지 않고
선후배를 반갑게 얼싸안고 싶다

보이지 않는 흉악한 모습을 한 너는 누구냐?
지하철 안에는 와글와글 모두 얼굴 가린 죄인 같다
시드니 계절이 다섯 번 바뀌고
꽃들이 아픔으로 피고 지던 날
요양소 부부가 손을 잡고
"행복했다"라는 말만 남겼다
남편이 가고 부인이 하루 차이로 세상을 떴다
역병의 날개를 달고 활개 치는 너의 모습을 보여라!
학교마다 개학을 잊은 채 줌으로 공부했고
네가 없던 날엔

문학 행사와 생일잔치도 자유로웠다

거리를 두었던 사람들,
사랑을 붉게 피워 두 손 잡고
꽃눈 날리는 봄날에
자유롭게 거리를 거닐며
역사 유적 따라 가족 여행도 하고 싶은데
흉악한 너를 없앨 유일한 생명수 백신만 기다린다.

시간의 말(言)과 말(馬)

얼룩진 벽 사이로 어제의 말(言)과 말(馬) 들이 구멍 나 있어요
구멍을 뚫고 질척질척 움푹 파인 길로 달려오고 있어요
달려와 줄지은 앨버트 로드 가로수 초록 잎들이 번져 가며
온종일 차가운 바람이 시려워 서로 깍지를 끼네요

시간의 수레를 거꾸로 몰고 가면 좋겠네요
때 묻은 창 벽 위에 걸려 있는
어제의 말(言)과 말(馬)들은
걸음을 멈추지 않네요
허기진 승냥이처럼 우우 거리를
마구 달려와 가로수 초록 잎들을 먹어 치워요
먹은 숫자만큼 수많은 별들이 꼬리 휘날리며
끝이 보이지 않는 어둠의 허공 문을 뚫어요

발자국에 망치 소리를 내며 말(言)과 말(馬)
발굽도 벗겨진 채 달리고만 있어요
얼마나 달려야 문을 박차고
말(言)과 말(馬)이 녹슨 창 벽을 뚫고 오나요?

>

어둠 속 발광하는 제일 큰 별을 보려고 뛰어와도

밝고 환한 별은 천년의 이야기가 끝나야 보나요?

하나가 된 기쁨 2*

마침내, 나무에 하얀 목련이 활짝
초록 잎새를 피우는 봄이 왔구나
창밖에는 목련이 종을 치며
폭죽을 터트리고 기쁜 마음으로
한 번지수를 갖게 되었구나

꽃과 꽃들이 모여서 향기를 피우면
새와 새들은 하늘을 날면서 노래 부르리
두 송이 꽃이 나비와 벌을 부르며
부지런히 가정과 사회에 단꿀을 모으리

한 조각 빵을 나누어 먹으며
믿음과 소망과 웃음으로 부자가 되고
뜨는 해와 달을 보며
진한 커피 향으로
매일 새로운 아침 맞이하기를
꽃 피는 창가, 항상 한 쌍의
나비와 벌처럼 나풀나풀 춤추며 살기를

* 미국 작가 Robert Perron의 Author Home Page에 초대된 시.
https://robertperron.com/kang-weddingpoems.

The Joy of Being One 2

At last, the green leaves of spring have come

White magnolias burst into full bloom

Tolling like bells outside our window

Firecrackers exploding with joy

As we share the same abode

Flowers come together with fragrance

Birds sing as they soar in the sky

Two flowers cry out for butterflies and bees

To gather sweet honey for home and hamlet

Breaking bread together

Becoming rich with faith, hope, and laughter

Watching the rising sun and moon

With the aroma of strong coffee

Wishing every morning

To live by a flowering window, always a pair

Like dancing butterflies and bees

삶*

먼바다를 항해하다 보면
쨍쨍한 햇빛에 갈증도 나고
폭풍을 만나
배가 흔들리기도 하네

서로의 손을 잡고
가슴으로 뜨거워지는
사랑의 노래를 부르면
앞이 보이지 않는 비바람에도
거친 바다를 헤쳐 가리

갈매기가 나는 길을 같이 가면서
남은 여정을 힘겨워 말고 헤아려
뒤돌아 온 날을 거울삼아
다른 사람의 등대가 되리라

혼자서는 가지 못할 바닷길
함께 헤쳐 나가면
세찬 바람에도

고요하고 푸른 나무들이 기다리는

섬에 닿을 수 있다네.

* 미국 작가 Robert Perron의 Author Home Page에 초대된 시.
https://robertperron.com/kang-weddingpoems

Life

You sail on a distant sea

You thirst under a burning sun

The storm

Shakes your boat

If you hold hands

Singing words of love

Deeply etched in your hearts

You will navigate the rough seas

Through blinding wind and rain

Follow the path of the seagull

Do not fear the journey ahead

But reflect on its days

Let it be a guiding light for others

On a voyage you dare not take on your own

If you travel together

Even in strong storms

You will reach the island of tranquility

Where green forests await you.

대봉

어스름 마실 가다 대봉 알 밝혀 주네
두리번 둘러보다 달 속에 숨겨 두네

한 입만 물어 보면 달달해, 보드랍고
사르르 더듬어서 님의 살 만지듯이

내 너를 가슴에 품어 임 오실 때 나누리

스트라스필드

스트라스필드에는 이태원 같은 광장이 있어요. 한국 식품점과 음식점. 월남 국숫집과 카페. 간이식당과 미장원. 한국의 치킨집, 만둣집, 안경집. 한국식 중국집이 모여 있는 곳. 뒤쪽에는 시간의 굉음을 기차가 끌고 고향 길을 열어젖힐 듯 달려가지요.

오후의 광장에는 인도, 네팔, 아프가니스탄, 한국, 중국에서 온 젊은이 늙은이가 모여들지요. 각 나라 전통 옷이 국기로 펄럭이면 해거름이 광장에 휩싸입니다. 포플러나무를 안식처로 삼은 레인보우로리킷은 스트라스필드 광장의 오케스트라이지요. 지나는 사람에게 저녁 안부를 묻네요.

광장에서 어쩌다 열네 살 정도 된 소년을 만나요. 왼손에 김밥을 들고 오른손은 스마트폰을 붙잡고 있지요. 소년은 목멘 소릴 감추며 엄마 품을 콕콕 찍어요. 역전 광장 한편에는 버스들이 지나가고요. 젊은 유학생과 이민자들이 고국의 향수를 가슴에 담은 채 거기 웅크리고 앉아 있어요. 난 버스 정거장에서 몸 달아 키스하는 연인들을 흘깃 바라보며 지나간 기억을 더듬어요. 시드니에서 시든 한 시詩 든이가 젊은 날의 기억을 더듬으며 미소 짓는 거지요. 잘 있지? 기차 소리 덜컹거리면, 그에게 안부 날려 보네요.

시간의 바람, 바람

길고 긴 뒤안길 돌아보지 않고
달려만 왔다.
바람은 산과 바다와
사막 위의 무수한 시간을 빗겨 나간다.
끊임없이 쏟아 내는 숨소리는
강약 강약의 도돌이표다.
사막에는
피라미드가 오랜 세월
도도히 서 있다.
모래바람과 뜨거움에도
꿋꿋이 서 있는
피라미드의 황금 비율
각을 세우고 싶은 이 누군가?

세찬 바람과 뜨거운 태양은
몇 만 억겁을 밀고 당기는가?
바람은 오선지에 날개 달듯이
아주 조금씩 꺼져 가지만
죽음의 방향을 모르는
연같이 날아오른다.

어느 때는 폭풍으로 번져 오고
어느 때는 비바람으로 젖어 가는
덧칠한 생이 뜨겁다가 식어 가고
다시 잉걸불에 칼을 달군다.

순간
바람을 밀치고 꺼지지 않으려는
잉걸불이 꺼지기도 하지만
새로운 길을 찾아 나서며
더 환한 빛을 밝힌다.

저것은 내가 버린 신발
꽃이 진 자리에
내 발자국만 오롯이.
푸르고 붉게 피웠던 시간을 향하여
무한정 걸어간다.
어느새 바람에 흩어진
낙타 발자국
피라미드로 향하려는가?

흔적의 알레고리

산불에서 살아난 유칼립투스나무 전체에
애벌레가 그림처럼 상형문자를 써 놓았다

그 상형문자를 유칼립투스나무에
써 놓은 애벌레는 전생에
세종대왕이었을지도 몰라

그 뜨겁던 불길에서 살아남은 애벌레의 흔적
몸의 지문까지 박아 넣으며 꿈틀꿈틀 써 놓은 메시지

검은 혈서를 써 놓고 간 나무와 짐승들에게
제를 올리기 위한 지방紙榜일까
아니면 지구의 앞날을 알리는 시적 메타포일까

꿈틀대는 글자는 구슬픈 춤 같기도 하고
우린 그 글을 쓴 고통의 몸짓을 알 것 같다

너와 나는 오늘도
어려운 숙제를 안고 살고 있다
살려 달라고 아우성치는 한 생의 흔적이다

>

인간들이 헤집어 놓은 지구에서
언젠가 파닥이다 죽어 갈 모든 중생은
우리 생의 공통분모다.

고니 한 쌍

Homebush 공원의 오솔길을 걷는다. 파라마타강과 바다가 만나는 곳이 보인다. 그곳의 바다를 따라가다 보면, 1975년까지 폐선 처리 작업을 하던 곳과 벽돌 공장을 했던 곳이 나온다. 폐선은 군데군데 버려져 있다. 아주 낡고 녹슬어 역사적 시간이 흐르는 곳이다. 한때는 각각의 사연 많은 화물선이었다. 2차 대전 때 폭격 맞은 군함을 끌어오기도 했다. 건너편 작은 늪 군데군데 보이는 중간 연못에 흑고니 부부가 산다. 암컷 한 마리가 날개를 활짝 펴서 물장구를 치다가 고개를 사알짝 돌려 자기 몸을 구석구석 닦는다. 갑자기 짝이 나타나 짓궂게 옆구리를 쿵 밀어젖힌다. 심심하다는 표정 같다. 그녀는 날개를 활짝 펴고 신경질적으로 물장구를 치며 수컷을 밀어낸다. 수컷은 또 놀아 달라고 옆구리를 쿵 들이받는다. 이제는 신경질적으로 꽥꽥 소리친다. 흑고니 부부는 오늘도 햇살을 받으며 서로 비비고 산다. 나도 흑고니가 되어 날개를 펼쳐 본다. 뒤를 돌아보며 빨리 오라고 날갯짓을 한다. 오늘만큼은 저 사내에게 곁을 내어 주고 싶다.

요세미티

요세미티국립공원 산 중턱에 세쿼이아나무들이 서 있다. 허옇게 마른 가지로 온몸을 햇볕에 태우고 있다. 늘어져 있는 나무를 보면 미국 원주민들이 불 피우고 노래했던 옛 모습이 떠오른다. 어떤 나무는 굴이 되어 차가 지나다닌다.

세쿼이아 잎 냄새에는 슬픈 미국 원주민 노래가 묻어난다. 나무는 둘레 30미터가 넘고 높이 80미터의 우듬지에서 보일 듯 말 듯 겸손해한다.

갑자기 모래 위로 검은 실뱀이 구불텅구불텅 다가온다. 아이들이 소리치며 잡으려 한다. 나는 "Please don't catch" 소리친다. 뱀이 알아차렸는지 나에게 구원을 청하듯 다가온다. 무서워 뒷걸음질을 해도 계속 다가온다. 어디로 가야 할지 우물쭈물 세쿼이아나무 뒤로 숨어 나무를 껴안는다. 어머니의 품속 같은 냄새가 난다.

오후의 햇살이 부드럽게 다가온다. 바람이 부는 곳, 미국 원주민 옷을 입은 사람이 기타를 들고 노래를 부른다. "죽을 만큼 간절하다면, 세쿼이아나무가 있는 요세미티에 와 보라!"

겨울바람과 성에꽃

매서운 바람은 활시위도 없이
날카롭게 날아가 꽂힌다
유리창에 부딪히며 빛과 빛 사이로
뾰족하게 파고들거나
사람들 옷깃 마른 잎 사이를 뚫고 지나간다

바람은 느리거나 빠르게 구르는 파편 공
어느 순간 창틈으로 굴러와
하얀 성에꽃을 피운다
때론 도도한 얼음 공주로 다시 태어나다가
성에꽃은 쏘아 대는 햇살 때문에 생이 짧아도
바람이 그려 낸 별이 된다
별은 차가운 유리 바닥 위에서
햇살을 밀쳐 내며 눈물을 흘린다

달빛이 어둠을 녹이고 창백한 바람이
파편으로 휘몰아쳐 골목 사이로 스스로 물러난다
물러난 바람은 화살도 없이 무언의 시위를 벌인다
시위는 끝나지 않고
소름 돋을 만큼 차가운 서리로 창을 꽂아

골목길 발자국마다 동동거리며
길지 않은 시간마저 얼어 버린다

얼어 버린 시간은 눈 깜짝할 사이에
눈부셨던 성에 왕국 지어 놓고
먼 길 앞다투어 요동치는 바람으로 날개를 펴면
바람은 바람이 아닌 듯
옷을 벗어 던지고 김 서린 굴뚝에서 춤을 춘다

바람은 유리 벽에 머무르기보다
하늘에 닿고 싶어 춤추며
슈베르트의《겨울 나그네》를 부르는가?
가만히 귀 기울이면 쌔~앵 소리가
성에 왕국의 베짱이로 오돌오돌 떠는 것이
바람은 바람만이 아니었을 것이다.

오지의 부시 파이어

화마가 휩쓸고 간 들판에 주검의 행렬이 서 있다
몇천 년 된 앙상한 나무들이 검은 혈서를 쓰고 있다

불 화산 회오리바람 속에서
죽음을 목격한 아기들이
집을 나와서 엄마 찾으며 울고 있다

붉게 타오르는 한낮의 열기
천년을 간직해 온 푸른 생애
검은 화석으로 사라지고 있다
블루마운틴에서 타는
유칼립투스의 아우성이
마치 분청사기 깨지는 소리 같다

불자동차가 뒤집혀 갓 결혼한
젊은 두 생명이 숨소리를 내려놓았다

어린 가축들의 살점이
검게 익은 숯 더미가 되었다
꺼지지 않는 불구덩이 속에서 구조된

배 주머니에 아기를 간직한 어미 코알라와
어린 코알라에게 젖병을 물려 주자
목이 타는지 거푸 물을 들이켜고 있다

배 주머니에 아기를 간직한 채 죽은
어미 월러비의 영혼이
저 회오리바람을 막아 줄 것을 믿고 싶다

틈새로 비집고 들어온 검붉은 연기로
시드니 도시와 마을까지 잿더미가 쌓였다

오 년 후 불탄 희망이 다시 푸르게 자라나길
그때 유칼립투스나무의 안부를 물을 것이다.

클로벨리* 바닷가

파도가 세상일을 말하려는가
절벽에 부딪히며 철썩 처 철썩
미래의 일을 들려주고파
백마의 울음소리로
바위에 부딪히며
빠르게 스쳐 가는 말갈기
바위를 타고 넘어 몰아치는
구름의 서랍장 속에서
백마는 처절한 울음을 꺼낸다
백마가 달려와 바위를 때리면
새 떼 구름으로 활짝 날아서
비밀 이야기 하얗게 펼쳐 놓는다

쐐에 철썩! 쐐에 철썩!
하얗게 펴지는 물거품 병사
밀려가고 밀려오고 바위에 부딪힌다
갈매기를 불러 흔들리는 생의 그네
떠 있는 비닐 쓰레기 속내를 말하려는가
날개 접고 죽은 고래의 한을 달래고 있는가
모래톱으로 쓸려 온 고래

땡볕에 가스 찬 주검으로 폭발한다

백마는 흰옷 입고
바이올린 활로 밀며
바위로 달려와 처절한 한을 춤으로 추며
가슴을 후려친다
쐐에 철썩! 쐐에 철썩!
클로벨리 비치는 갈매기와 함께
아픈 시간을 견디려는 듯 거품을 문다

세상을 밀고 당기는 파도
붉은 햇살 등에 업혀 있다
수평선 저 멀리
태양을 실은 노을 한 척이 사라져 가며
까만 기름을 쏟아붓고 있는지
루소가 메시지를 전한다.

* 클로벨리는 시드니 동부의 주거지역으로 해수욕장이 있는 관광지이기도 하다. 근처 바다가 내려다보이는 언덕에는 오래된 웨이벌리 공동묘지가 지나는 사람의 눈길을 끈다.

Sylvia, 그녀?

네가 듣고 있는 칼날 같던 전화벨이
그리움의 이명으로 되돌아오네
그에게 들려줄 미래의 소리를 위해 밤새도록
〈G선상의 아리아〉를 준비했지

그에게 무얼 보여 줄까
밤새 이슬방울 초원에 흩뿌렸네
그에게 무슨 말을 할까
밤새 심장에 먹물이 고였네

그리고
언제나 푸른 꿈으로 통하는 전화 한 통
그의 이슬 맺힌 눈물로 애무해 주길 바랐지
저 높은 곳을 향하여 바람 위로
가볍게 두 손 잡고 날아가길 원했었지

그가 너에게 더욱 가까이 다가와
뜨겁게 감싸 주며 곱게 어우러진
호흡을 듣던 촛불 같은 흔들림

>

시드니와 프랑스
봉쥬르 무슈!
봉쥬르 마드모아젤!
지구가 너무 뜨거워 돌아 돌아 불이 났던 걸까
기억나니?
뒤돌아본 순간 까맣게 타 버린
그때 그 시절

맹그로브나무

시드니 올림픽파크를 걷다 보면 맹그로브나무가 갯벌에 울창하다. 갯벌엔 작은 게와 곤충과 장어와 물고기가 산다. 맹그로브는 갯벌에 싹을 틔운다. 질퍽한 생의 한가운데서 더러운 물을 빨아들이며 맑은 물을 만드는 맹그로브. 나는 맹그로브나무에 무엇으로 감사해야 하나. 그곳엔 원주민들이 써 놓은 영시英詩가 있다. "맹그로브는 쿠카바라를 부르고, 쿠카바라는 사람들에게 시간을 알리고, 맹그로브 가지 사이로 바람을 불러서 울긋불긋 사계절은 찾아온다." 다리 바닥에 써 놓은 시를 읽어 가며 한 발 한 발 걷노라면 내 마음도 그 시인의 마음이 되어, 갯벌에서 맹그로브처럼 자라서 이웃에게 맑은 물을 전해 주는 시인이면 좋겠다. 뉘엿뉘엿 지는 해가 맹그로브나무에 붉게 물든다. 지친 내 영혼도 붉게 물드는 맹그로브에 기대어 맑고 활기차게 뻗어 가고 싶다.

제2부 Up & Down

노루오줌꽃

깊은 산 물가
보라 꽃 핀 자리에

새끼를 임신하고
목마른 노루 어미

물 먹고 하늘 보고
오줌을 누던 자리

사냥꾼 화살 맞고
피 맺힌 그 자리에

그 선한 두 눈알
맑게 맺은 이슬
분홍 꽃

하쿠바(白馬)*의 빈 초가

하쿠바(白馬)의 지붕마다 150센티의 눈이 쌓인다. 멀리서 유황 냄새가 난다. 산양들은 까마귀 떼를 따라서 높은 하쿠바산으로 오른다. 앞서가는 까마귀가 백 년이 넘은 초가지붕 위에 앉으면 산양들은 비로소 풀을 뜯는다.

초가지붕에 쌓인 눈이 우두둑우두둑 소릴 내는데도 무너지지 않는다. 얼마나 많은 사람이 여기서 머물다 떠났을까! 까마귀와 산양 떼가 마을 어귀로 고개를 돌리더니, 저녁 해거름 속으로 빨려 들어간다. 산양은 까마귀가 날아가는 노을을 바라보다가, 다시 높은 기둥이 있는 헛간을 찾는다.

마을에는 백 년이 넘는 빈 초가가 드문드문 있다. 대나무 담장은 헌 옷처럼 힘없이 내려앉았다. 마당에는 새들과 산양의 발자국이 눈꽃처럼 펼쳐져 있다. 산양들은 그 집에서 꿈을 꾸고, 까마귀가 안내하는 지난 시간을 먹어 치운다.

저 멀리 양들의 자리가 된 아리에스가 보인다. 아리에스는 어둠 속에서 산양에게 눈짓을 보낸다. 그럴 때면 산양들은 발소리를 죽이며 오래오래 하늘을 바라보다 눈 속의 언 풀들을 찾기 시작한다.

>

빈 초가 위로 하얀 별빛이 꼬리를 달고 날아다닌다. 초가 지붕 아래에서, 나는 가와바타 야스나리의『설국』에 나오는 설산의 눈사람이 되어, 이 세상에 작은 흔적을 남기고 떠나간 아버지를 생각한다.

오래전에 같이 왔던 이 빈 초가에는 아버지의 모습이 눈 속에서 별빛으로 빛난다.

* 하쿠바(白馬): 일본 알프스 산골에 있는 큰 마을로 겨울에는 눈이 많이 내린다. 1998년 나가노 동계올림픽 스키 경기가 이 마을에서 열렸다.

횟집

새벽에 술렁거리는 바다 비린내로
갈매기들이 법석을 떨면
똑딱선 한 척이 포구에 닻을 내린다

산 문어가 슬며시 함지박 밖으로
부처님처럼 발을 내밀면
주인은 함지박을 어깨에 메고
횟집으로 향한다
분사기로 쏘아진 포말
구슬 같은 물방울이 유리 밖으로 맺힌다
공포를 느낀 유리 벽의 전복
길게 살길 원하는 꼼장어와 오징어

멀뚱멀뚱 입만 벌리는 도미, 숭어, 도다리, 광어
낙지가 납작 유리 벽에 붙어 살려 달라며
세상 밖으로 외치고 있다

초라한 시골 간판 삐뚤빼뚤 태안 횟집
낡은 의자 얼룩진 식탁
한구석 먼지에 덮여 웃고 있는 해바라기 조화

박제로 걸어 둔 아귀 입이 송곳을 세우고
섬찟하게 쳐다본다

주인은 핏물 젖은 앞치마에
왼쪽 의수를 닦으며
노련한 칼질로 생선 껍질을 벗긴다
잘게 썰어도 꼬물거리는 살점
도마 구석에 널브러진 생선 머리에 흘긴 눈
피와 내장이 붉은 원망으로 스며 있고
입은 나무아미타불 독송하듯
쑥 내밀고 있다.

정육점과 산부인과

정육점 위층에 산부인과가 있다
한 층을 두고 의사의 흰 가운이 빛난다

약혼자가 여자를 버리고 떠난 날
찢겨 버린 통증 사이로
3개월 작은 생명의 붉음이 고여 있다

강한 불빛을 밀치고 어린 생명이
마지막 늪에 빠져 허우적거린다
여자는 살 한쪽을 메스로 자르듯
아래층 정육점 불빛을 씹는다

고통이 끝나고 도마 같은 침대에서 내려와
휘청거리는 난간을 잡은
그녀는 환청으로 되돌아오는
아기 울음소리를 가슴에 새긴다
도려낸 자국에서 칼날의 구시렁거림을 듣는다

그래도 살아야겠다고 소고기 한 근을 사는
그녀의 찢긴 아픔이 정육점에 붉게 걸린
소의 살점과 같다.

아쉬움

선배의 추모 공원
이 배를 드리고 보니
생전의 텁텁했던
그 모습 생각나네

꽃이 활짝 필 때는 향기 진하다
지고 난 꽃향기 다시는 못 맡지만
기억 속 그 향기 언제나 퍼져 오리.

와이키키 해변이여 안녕

야자수나무 아래
연인들의 달콤한 사랑
비취색 파도에 흠뻑 젖네

밟으면 발가락 사이로
햇살에 달군 모래가
스며들어 까치발로 뛰네

아이들도 첨벙 옥색 빛에 실려
철썩대는 물결에 서핑을 하네
모래톱에 몸이 닿으면
작은 모래에 잡힌 Dolphin이 되어서
젖은 백사장에 뒹구네

너는 야자수를 바라보는데
어디선가 불어오는 바람이
몽키포드 나무의 잘 가라는 손짓이었네
야자수도 검지와 약지를 펴 들고
알로우하! 알로우하!
시인들이여! 잘 가라고 알로우하!

* 2019년 11월 29일 한국시협 주최 하와이 한국 현대시 세미나에 다녀와서.

Up & Down

헌 신발들이 웃고 울었던 자국을 따라
층층 계단을 높이 오르다 보면
다시 아래로 내려갈 생각에 걱정이 앞선다

분침이 쓸고 내려온 계단 위에는
발자국이 무심히 스쳐 지나온 자리가
눈부신 별 가시로 솟아 있다

갑자기 옛 노래가 떠오른다
《I will always love you》
온몸에 퍼져 가는 노래가
계단을 따라 오르락내리락하고
박자는 달콤하게 번져 간다

십오 층 계단을 다 내려왔을 때
바람은 불고 새는 울고
내 몸에는 땀이 흐른다
택배원이 뒤따라 숨가쁘게 뛰어 내려온다

지폐 한 닢 손에 쥐려고

온종일 오르락내리락하며
생을 On, Off 하는
그는 누구인가?
그리고 세상 밖으로 같이 뛰어내리고 싶은
나는 또 무슨 생각에 잠겨 있나?

푸르고 붉은 간격

벽과 가로수 길 사이에는 가시 바람 길이 있다
서로서로 마주치지 않으려고
소리 내 흔들리고 있다

잔가지에 앉은 나비가
날렵히 날개의 방향을 잡는다
달콤한 향기를 뺀 꽃가지에서
붉은 칼날로 바람을 베어 내어서
향기만 뿌리고 바닥에서 파닥인다

향기로 되돌아왔다 빗물로 쓸려 가는 것들
분침과 초침이 바람길을 틀고 흔들리며
향기는 날아오고 벽과 가로수 길엔
너와 나의 간격이
바람도 자르지 못할 향기로 퍼져 간다

낮과 밤, 사람들 사이에 꽃은 피고 지고
푸르고 붉은 꽃과 찢긴 날개가
곡선으로 통하며 가시 바람으로 다가온다

>

나도 가시 바람에 찢겨 간 생을

기우며 살아가고 있다.

상사화

그를 그리다가
맺지 못할 인연으로
가슴의 핏빛
한 떨기 상사화

생전에 못다 한 사랑
다시 윤회하여
너의 붉게 타는 입술
임에게 보였구나

청솔가지 담장 위에
오늘도 임 오실까
애절한 꽃단장
행여 임의 입김이
바람으로 불어오면

사무친 그리움
꽃대궁을 흔들어
바람에 안겨 볼까나.

거미줄에 걸린 한 생애

한 땀 한 땀 육각형으로 옥죄는 집
자신의 끈끈이로 하얗게 돌돌 말아 놓고
차차 맛을 본 것은 거미만일까

한 여인을 사랑의 거미줄에 가둬 놓고
자신의 품에서 놓아 주지 않던
사내들은 거미와 무엇이 다를까

외간 남자와 이야기를 나누는 데도
조심스럽게 눈치를 보아야 했던
여인들의 생은 또 거미줄에 걸린
뭇 생명체들과 무엇이 또 다를까

이슬에 젖으면 햇빛을 피했던 그녀는
끈끈한 육각형 집에 조이어
껍질만 남긴 실체로 떠 있다

돌돌 말아 버린 하얀 자국 위엔
퍼덕이다 말라 버린 그녀의 억울한 영혼이
이슬을 안고 실바람에 날리고 있다.

주검의 나비들

헝가리 다뉴브강 노래를 들으면
물결무늬의 곡성이
쿵, 물 위의 쇳물이 녹는 아우성으로 빠져 흐른다
즐거운 밤이 거친 물살로
반짝이던 별들이 나비로 환생한다

배 위에서 날개를 찢어 내는 두려움
어둠 속을 타고 빠르게 일어난다
그 물빛 위로 나비 영혼이 떠도는 것일까
구름 속을 향하여 기도하던 어머니가
소매 끝 손수건을 꺼내지도 못한다
다시는 맡을 수 없는
하얀 꽃향기 뿌리며 촛불을 켜고 있을까
바쁘게 살았던 한세상이
어둠을 물리치고 환하게 높이 오르고 있다

다뉴브강의 음악에서 아직 이른 꽃들이
나비를 따라서 쿵 무너지고 있다
6월의 바람 따라 해가 뜬 하늘에
나비들의 날개가 젖는가

이제 막 향기를 맡았는데
아직 단꿀을 먹어 보지 않았는데

한 어머니가 7살 남자아이를 보며 안절부절
어머니는 목이 터져라 비명을 지르며
아이를 배에서 떠밀어 구명보트에 던진다
제발 그 주소를 잊지 말아라
아이는 어머니가 준 주소를 쥔 채
어머니 쪽을 바라보며 흐느끼며 떨고 있다.

플라멩코 추는 연인

타라라락 탁탁, 호레이!
무대 위에 조명은 화려한 별빛
플라멩코 춤추는 두 연인
빛을 핥으며 꽃잎을 풀풀 뿌리며
힘차게 차오르는 무대 바닥에는
격렬한 리듬이 대포처럼 터진다.

기타 줄 높낮이 따라 장미를 던지고
격정적 붉은 율동은 하늘로 퍼진다
내 손에 끼인 꽃송이는 뜨겁고
정열적인 퓨마 눈빛이 된 나와 그가
장미 가시에 찔려 넘어질 듯 흐트러져 있다가
발톱을 세운 퓨마처럼 재빠르게
캐스터네츠를 두드리며 스페인 들판을 달려간다.

퓨마가 된 내 긴 머리는 구슬처럼 또르르 굴러
그의 어깨로 떨어지며
생긋 웃는 그의 미소가 간담을 서늘하게 한다
어둠에서 탄생한 흑장미 눈빛
구름을 탄 듯 멜로디와 함께

내 플라멩코 드레스가 날아간다.

천천히 숨을 고르며
손에 든 꽃 부채로 바람을 부르는 연인
호레이! 외치는 기타리스트의 감탄사
이제 바람은 자고 향기도 가고
기타 속에 떨리던 리듬도 불빛 따라
무대 뒤로 사라지고 검은 별빛만 쓸쓸하다.

대금

별을 켜고 달을 켜는 소리
심장에 흐르는 피가
꽃잎같이 뚝뚝 떨어지며
음절이 꺾일 때마다
바람결에 흩날리는 가냘픈 낙엽이여
사내의 가락으로 흐르고 싶어라

흘러나오는 울림은
내 혼을 빨아들이고
어두운 밤이슬에 젖어
오지도 가지도 못하고
끊어질 듯 끊어질 듯
이어지는 가락 속에 흔들리네

열 손가락으로 내 몸 더듬듯
취구와 지공이 내는 구슬픈 가락
음조와 함께 한 수가 될 수 있다면
그 가락의 혀끝 오감이 되고 싶어라

대금 부는 사내여!

너의 폐부로 들어가

애절한 가락으로 살고 싶어라.

밑줄 긋기

아야 너그 어매 잘 있느냐
침 발라 꼭꼭 눌러쓴 삐뚤빼뚤 편지
산속에서 눈이 빠져라
우편배달부 기다리던 할매

참깨랑 기름이랑 된장 쪼까 보낸다
그라니 너그 어매하고 쪼까씩 노나 먹그라이
할매의 당부 말씀
빨간 밑줄로 아프게 그어져 있다

꼬부라진 허리에 치마끈 질끈 동여매고
총총히 걷던 구순 할매
한평생 산속에 살면서
지팡이를 할아범 삼아
생의 점선 그으며 마침표를 찍었다

힘주어 점 찍고 오가던 길
생이 다하는 날까지 기억하듯
그 오솔길 곳곳에 찍어 놓은 눈물 자국

>

나도

그 점선 따라 빨간 밑줄 그으며 걸어간다.

어느 시인 부부

낮은 기와집 흰 꽃으로 덮이면
창호지 문 안으로 스며드는 아카시아 향기
밤이면 별꽃 달꽃 산목련이 어우러져
뒷마당을 하얗게 수놓고

새벽녘 이슬 맺힌 작은 텃밭엔
푸성귀 심어 밭 일구고
청국장 띄운 냄새가 구수한 안방에서
서로의 가슴 비비며 시를 주고받고
봄비로 바람 찬 진부의 오월
추울 땐 또 백석 시를 낭송하며
방 안 온기를 덥힌다는 시인 부부

작은 책상 위 낡은 컴퓨터 하나
벽에 달린 달력 속 동백꽃은
뚝뚝 떨어져 붉게 물들고
늘 눈물 감춘 시인에게는
모진 세월 미련 없이 앞 도랑으로 흘려보내서 시가
뒷산에 산비둘기 어김없이 울어 대서 시로
짐승 같은 가난이 으르렁대도 시가

말없이 가슴과 가슴으로 비비던 말들도 시로
사철 들려오던 창살의 맞바람도 시가 되었네.

녹슨 철근

길가에 쌓아 둔 철근 사이 민들레꽃 피었네
골다공증을 앓고 있는 듯 삭은 고철 더미
젊은 시절 사업에 실패한 아버지를 생각하게 하네

석유 한 통을 손수레에 싣던 아버지
다리 휘청거리면서도 자신은 아직
강철 같다며 빙그레 웃곤 했었네

세월이 녹슨 기억으로 다가와
아버지는 다른 사람 못 알아보시고
맏딸 이름만 부르던 날
움푹 팬 눈은 철근 더미가 쌓인
콘크리트가 꺼져 있는 듯
마른 나무 장작과 같은 살점
아버지는 민들레처럼 곱게 피다가
어느새 허옇게 핀 씨앗이 되었네

아들이 탕진한 수많은 재산
아버지 가슴에 천 근 철근 매달아 놓고
심장에 대못질하고 말았네

>

민들레 한 포기 바람에 쓰러져서
우람하던 그 목소리 사라지고
입술은 무거운 침묵으로 닫혔네

길가에 쌓인 고철 더미 바람에 스쳐
우우 윙 녹슬어 울며
비에 젖고 있었네.

시골 미용실

무안 오일장 안에 박호순미용실이 있다네. 할머니 머리 만 원에 하는 곳, 늦가을 추수 끝나 부리나케 달려온 할머니. 미장원 냉장고에서 장아찌, 김치 꺼내어 밥 말아 먹고, 커피 마시는 다방 같은 미용실. 세상 이야기, 살아생전 속 시끄럽던 망구리 할배 이야기, 자식 자랑이 미용실 식탁에서 호박꽃 향기로 피어날 때면 할머니 머리는 벌집 같다네.

비 오는 날 호박잎이 푸르게 넝쿨지는 미용실 앞마당. 할머니들 편하게 오시라고 오른쪽 왼쪽으로 쉽게 문 열게 하네. 박호순 이름을 순 호박으로 불러도 히히 웃어 주는 미용실. 오른쪽을 열면 뽀글뽀글 파마머리 박호순. 왼쪽을 열면 까만 염색 머리 순 호박.

할머니들 라면 머리 하고 서울 아들 보러 가는 날. 박호순 미용사는 보름달에 뽀글뽀글 파마해 주네. 구름에 숨어버린 달, 베토벤 교향곡 5번 틀고 미용실 문을 두드리네. 건넛집 벌침 할매 달 쳐다보며 '웬, 봉창 뚜드리는 소리여' 해도, 뽀글이 파마 달은 노란빛으로 순 호박을 밝혀 주네.

제3부 보름달

혼자 있는 집

매미 소리 귀청을 뚫는다.

내 한숨 소리도 매미 소리 속에 갇혀 있다.
무더위가 살갗을 파고든다.
바람을 저울질하는 부채 소리 요란하다
파리 한 마리 심심치 않게 나를 운동시킨다

뉴스를 보니
스토커들이 혼자 사는 여자만 노린다
문밖 발걸음 소리에 가슴이 철렁한다
매미 소리에 들릴 듯 말 듯 슬리퍼 끄는 소리

오후 내내
기다림은 시곗바늘에 매달려 있다
가스 점검과 택배 아저씨만 오고 갔을 뿐
밀려오는 외로움과 무서움
나 지금 산 절벽에 외따로 선 소나무로
홀로 서 있다.

생명선

육 년 만에 가진 시험관아기
세상에 나온 지 백일 된 사내아이
엄마의 젖꼭지를 빨지 못한 채
주사기로 밀어 넣는 젖을 헐떡거리며
가까스로 받아먹고 있다
어쩌다 엄마가 인큐베이터를 방문하여
작은 주먹 펼쳐 보면 생명선이 짧다
어미는 안타까워 손톱으로
아기의 생명선을 더 길게 그어 본다
아기가 태어난 날은 사월 삼 일
예수가 십자가에 못 박힌 날과 같다
아가의 별자리는 양자리
가늘게 늘어지다 짧게 꺾인 양자리
손바닥에 박힌 붉고 가는 선
백일홍같이 피었다가 지려는가
어미는 두렵다 5대 독자를 낳았는데
아가의 가늘어진 숨소리를
듣고 있노라니 애가 탄다
옆에서 간호사는
탈장된 배 위의 붕대를 더 꽁꽁 싸매며

어미의 상한 몸을 걱정하는데
어미는 인큐베이터 속 아기만을 바라본다

쐐~ 하며 나오는 산소 소리가
밤의 정적에 소낙비 소리만큼 크다
북쪽 하늘을 본다
인큐베이터를 향해 별똥별이 떨어진다.

감성 멜로디

한 여인이 멜로디에 푹 빠져 있다
구름 아이스크림 같은 달콤한 음악
길고 짧은 가락은 이슬을 맺게 한다

리듬이여 요염한 요령이여
사랑하는 사람들은 보이지 않는
작은 미립자의 공기 속에
마음을 크게 부풀려 날려 보내고
외로운 사람들은 황소만큼 커지는
그리움이 싫어 음악을 꺼 버린다

나의 귓가에 잔잔히 살아 있는
음악을 잊지 못해 다시 켜 본다
리듬이여 나를 흔들어라
너는 피어 있는 찔레꽃
하늘을 날아가는 청노새
하늘에 떠 있는 구름 한 점
연못 속 붉은 입술 개구리
연못에 떠가는 물방개 한 마리

>

음률은 사랑과 고독의 팡세
격렬한 박자가 꿈틀대다가
가냘프고 힘찬 멜로디로
그리움은 박테리아처럼 썩어 가고
추억은 나를 음악의 방랑자가 되게 하네.

보름달

1. 보름달

밤늦게 과외하고 돌아오던 옥수수밭 길. 구름 낀 하늘 보고 또 보면 달이 나를 자꾸 따라왔지. 달걀귀신보다 무서운 건 구름 속에 숨은 둥근 달. 난 가방을 돌리며 검정 운동화 공중으로 날리며 집으로 뛰어갔지. 늘 겁이 많던 나에게 외할머니가 깽깽 할머니 이야길 들려주던 생각하며 무서움을 이겼지. 툇마루에서 마당으로 굴러간 홍시가 아까워 더듬더듬 찾았다지. 어두운 마당에서 달기똥이 홍시인 줄 알고 드셨다던 깽깽 할머니. 퉤퉤 뱉어 버렸던 달기똥 이야기에 마당 앞 감나무도 우스워서 흔들흔들했다지. 그 생각에 무서움이 싹 가시게 했지. 보름달이 두둥실 떠오르면 뒷산에 부엉이 울고 여우 소리 깊은 메아리로 합창했었지. 어두움이 깊어 갈수록 오솔길에서 달걀귀신을 쫓아낼 보름달 빛에 기대며 길 따라왔어. 동구 밖 흰 저고리 입은 외할머니 마중 나오던 감나무 밑은 언제나 환한 등불 같았어.

2. 보름달이 박꽃 속에 숨었네

느티나무 환하게 비춰 주던 귀신 쫓던 보름달

그 나무에서 귀신 울음소리 난다는데
우린 꼭 그 나무 밑에서 오그라든 심장으로
숨바꼭질했었지 개 짖는 소리가
항아리 과부네 담을 넘어올 때 즈음
주정뱅이 바우 아제 비틀비틀 돌아오면
호박 넝쿨 아래 달빛도 숨어 버리고
행여 술래에게 잡힐라 숨은 우리도
숨을 죽이며 무사히 지나가길 기다렸는데,

하얀 박꽃이 달빛에서 잠자던 사이
외할아버지는 유언도 없이 숨을 거뒀다고
외할머니 이야기하고 또 이야기했지
댓돌에 놓인 하얀 고무신 두 짝이
살아생전 그림자라던 외할머니
천국에 가서 그 외할아버지 만났을까?

그때 그 시절 보름엔

보름달 비치는 굴뚝에 검은 연기 솟아나면
심지 낮춘 호롱불 밑에 둘러앉은 남정네들
장 받아라! 멍군이오! 놀이에 열을 냈지

부뚜막에 쪼그려 앉은 여인네들
부침개 노릇노릇 부치며 하는 말
젖은 장작에 불붙으면 화력이 더 좋다네
이에 질세라
그래도 마른 장작이 더 화력이 좋습디다

설이 어멈 미소 지으며 풀어놓은
설이 아빠와 첫날밤 이야기
아궁이 속 불쏘시개로
쩍~ 벌려진 가시 밤송이
달 밝은 밤 구름 같은 이불속에서
불붙던 젊은 시절 그립다네

하하 호호 맘껏 떠들다가
기름에 찌든 긴 앞치마 여인들
호박전, 고추전, 부침개를 챙겨

제 서방에게 먼저 주려고
사랑방으로 달려가는데
입이 귀에 걸린 서방들
대나무 채반만 받아 들고 한 입 베어 물고
눈 흘기는 마누라는 거들떠보지도 않네

휘영청 보름달 밤은 깊어 가고
그날 밤 마실 나간 순딩이는
옆집 암놈에게 발정이 나
달그림자만 더욱 길어졌다던
그때 그 시절
엄니의 구수한 이야기

연수동 이야기

1. 연수동 외갓집

충주시 연수동 외갓집 오면
고구마 감자 옥시시
광주리 그득 담아 주고
햇살 넣은 박나물
자반고등어 한 두름 나누며
'배불리 잘 먹었시유'

그러나
입춘대길 써 놓은 대문가에
언제나 거지 타령 구슬퍼라

동네에서 잘나가던 대학생 아재
민주화 운동으로 잡혀가며
감꽃 피면 돌아오마
눈시울 적셔도
버드나무 늘어지면 처녀, 총각 모여
버들피리 필릴리 불던 우물가
산비둘기 구구구 합창하면

버드나무도 흔들거렸지

여름날 매미 소리 귀청 뚫으면
우물가 아낙들 빨랫방망이 내려놓고
붉은 잎새 화사한 꽃잎
볼따구니에 연지 대신 발랐지
시집올 때 어미 눈물 생각하며
두레박으로 친정집 그리움 퍼 올렸지

우물가 나무 밑에 돗자리 펴 놓고
장기 두던 동리 할배들
장군이오! 멍군이오!
하나둘 흰 고무신짝이
산천 까마귀로 날아갔다는
깊은 밤 엄니의
그리운 십팔번 옛날이야기

2. 연수동 외할머니

개 짖는 달밤이면

젊은 날 추억을 방석에 앉혀 놓고
과수댁 장 씨는 툇마루 끝에 앉아
한숨으로 밤새우며
'한 많은 이 세상' 가락이 구성지네

목단꽃 이불에서 그윽한 향기 피우던
각시 적 생각하면 한숨은 더 깊어지네
그 이불 홑청 한 땀 한 땀 기우며 지새우는 밤
멀리서 떠나가는 칙칙폭폭 기차 소리 은은히 들리고
어디론가 따라가고픈 마음이어라

그리움이 깃든 그곳
절벽 아래 홀로 서서 천년만년
기다림의 해송 같은 절개 지키며 사노라니
먼저 가신 조상님도
어둠을 타고 외할머니 꿈속에 나타났다네

한가윗날 차례 지내며
할머니 영정사진 보는 식구들 모습
그곳에서도 보시려나?

달 사내

달도 마음이 있다네. 구름 속에 숨을 줄 아는 수줍음 많은 청년이라네. 구름 스카프로 얼굴을 반쯤 가리고 밤이면 살짝 꽃향기 속에 빠져든다네. 달은 거울 대신 그림자로 자신의 몸을 비춘다네.

달은 찻잔 속에 빠져 내 입술과 포개어 입맞춤하다가, 강물 속 고기들에게 몸 보시하네. 어두운 밤바다에서 은빛 파도를 번득이며 철썩철썩 시조도 읊다가, 여인의 치마꼬리 밟히며 신발 끝에 사뿐히 누워 고운 자태를 밝힌다네.

달님은 보지 말아야 할 세상일 조금만 보라고 어둠 속을 살짝만 비춰 주는 신선이라네. 때론, 달 사내는 구름 속에서 몸을 숨긴 채 참선하는 부처가 된다네. 어둡고 보이지 않는 곳을 찾아다니며 상처를 보듬어 주는 달.

나 오늘 밤 그런 달 사내 품에 안겨 붉은 사랑 태워 볼까나!

흰 눈 사이 동백꽃 봉오리

하얀 눈이 오던 새벽, 긴 한숨을 쉬던 외할머니의 기침이 쿨럭쿨럭 숨 가쁘더니 이 세상을 떠나셨다. 청상과부가 되던 날, 그녀는 하늘이 무너지고 땅이 꺼지는 아픔으로 하얀 이불 속에서 유복자 외아들을 낳고 그날 밤은 호롱불도 켜지 않았다.

할머니는 속상한 일은 늘 가슴에 품고 사셨다. 혼자 있을 땐 '한 많은 이 세상'을 부르며 미소 짓는 얼굴이 하얀 눈 속에 피는 동백꽃과 같았다. 늘 어둠이 떠도는 천장을 바라보면서 담배를 피우던 할머니, 불 같은 한을 태워 천국에 있는 남편에게 하얀 연기로 하소연하듯, 후! 불고는 아련하게 가는 눈을 떴다.

돌아가신 새벽 하얀 눈길을 밟으며 할머니 이름을 써 보았다. 눈길을 걷다 보니 김 서린 백설기를 만들어 놓고 뜨거움이 식기를 기다리라시던 할머니 모습이 보였다. 사잇길에 할아버지의 자전거 타이어 자국이 앞니를 드러내고 할머니 백설기를 드신다.

내 발자국은 거기에 아직 새겨지지 않았다. 강아지 한 마리가 졸졸 따라오더니 내 발자국도 아닌 찍힌 발자국 냄새만 맡고 간다. 2월 흰 새벽 할머니가 말없이 가셨던 날 세상이 온통 하얗게 쌓여서 말 많고 어려웠던 그녀의 일생을 포근하고 깨끗하게 덮어 주고 있었다.

달빛 사이 기러기 떼가 그녀의 길을 인도하고 바람도 슬퍼서 가로수까지 흔든다. 별들이 우르르 떨어져 내 눈물방울에 박혔다.

오월의 구슬픈 이바구

그땐 그랬지, 그랬을 거야……

문살에 귀 기울이며
제대 앞둔 아들 기다리다가
편지 한 통에 그만
국군통합병원을 찾은 떡메 어멈

흙벽돌 얕은 담장 아래
개울물도 슬피 울고
아카시아도 하얗게 소복 입은 날

동네에서 젤 잘난 아들이
꽃상여에 누워 하얀 눈물
점점이 뿌린 아카시아 길 돌아가네

종달새가 잠시 담장에 앉아
떡메 어멈 바라보듯 슬피 울더니
대추 잎 한 장 입에 물고
하늘로 하염없이 날아가네

>

밤새 끝나지 않는 이바구로
아랫목 윗목에 아낙들 누워
보름달을 재우던 어느 날

12월 31일생

흰 눈을 기다리는 소녀. 한동안 오지 않는 눈 소식. 거리에 울려 퍼지는 징글벨이 징그럽다. 구세군의 처량한 종소리가 우울하다. 마스크와 머플러를 쓴 우린 길을 걷다가 기침으로 인사를 한다. 한 해의 마지막 날은 선물을 주고받는 신나는 달이다. 또 엄마의 맏딸로 이 세상 벨을 눌러버린 나다.

일찍 졸업해 시집가라고 엄마는 시골 학교 교장에게 봉투를 건넸다. 12월 31일생으로 7살에 학교에 갔으니 만 5살에 학교에 간 셈이다. 난 늘 막내가 되었다. 같은 반 애들이 청소하며 온갖 궂은일을 다 시켰다. 그걸 본 교장 선생님이 애들에게 벌을 주었다. 나는 속으로 신바람이 났다.

그해의 마지막 날 내 생일엔 제야의 종소리가 울린다. 그날 종이 울리니 엄마는 내가 필시 큰 인물이 될 거라고 믿었다 한다. 난 지금 보신각종보다 더 큰 시인이 되기 위해 무명의 세월을 견디고 있다.

제4부 내 고향 간이역

초등학교 가을 시화전

교문 앞 구름안개 술렁술렁
노랑 빨강 옷 입은 초등학생들
가을 우산 속 빗방울 키보드 되어
아이들의 동시가 타락 탁탁

처마 밑 땅바닥에 새겨 놓은 왕관
박자 맞춰 빗줄기 차락타락 떨어지고
초등학교 교실 안 시화전
3학년 학생들 머리 조아려 빨강 노랑 나뭇잎
가을바람에 하늘로 솟구친
머리카락을 쭉쭉 그어 놓네.

가을 낙엽으로 색칠한
노랑 빨강 동시와 그림 한 장이
피카소 명작 같아라
도화지 속으로 새들이 날아오고
파랑 노랑 옷 입은 아이들이 소리 높여 읽었던
가을 동시는 운동장에 울려 퍼져
빨강 노랑 낙엽 되어 차르르 구른다네!
구르는 낙엽은 낙엽이 아니었음을.

무안에 와 보니

영산강 월출산 봉우리 아래
순박하게 살아가는 사람들
양파 농사지어 광주 간 아들딸
유학 자금 보내기 바쁜 사람들
바지락 낙지 한 아름은 덤
바구니에 갯벌까지 가득 담아 와서는
무안 오일장에 팔러 가는 사람들

오랜만에 장에 간 할매가
단돈 만 원에 야매 파마를 하는 곳
무안에서만 난다는 연잎 맥주 한잔 마시면
한쪽에선 각설이들 품바 공연을 하고
한쪽에선 꽹과리 장구 치고
엿치기하며 사람을 모으는 곳

해송 가지에는 천년학들이 하얗게 매달려 살고
조금나루해수욕장 감태는 바다의 푸른 골프장
조막게들이 개펄에서 홀인원을 하네
한 폭 동양화 같은 적토산과 바다
초의 선사 유적지에서 마시는 연잎차는

살아 숨 쉬는 문화유산
수평선 구름 속에서 무안은
홍련으로 피어오른다.

싱크홀*

프랑스 니스의 리도 해변 산책로
지름 5m, 깊이 2m의 큰 싱크홀이 생겼다
리도 코트다쥐르는 꽃같이 아름다운 해변이다.

세계 곳곳에서 지하철, 트램 주위
도로가 꺼진다는 소식
높은 빌딩들이 하늘에 사다리 같고
광산과 지열발전 시추로
물렁거리는 대지

미래를 예감했던 루소가 싱크홀에서 튀어나와
무너지는 땅마다 돌무더기로 막을 것 같다.

푸른 나무를 베어 낸
생과 사의 구멍에서
우리 눈이 멀어 있는 동안
광활한 땅이 무너지고 바다가 죽어 가는데
지금 천당과 지옥을 오가고 있는 것은 아닐까?

세상 모든 생명이

지구라는 이 행성에서 살아갈 수 없다면
우주 공간 어디에서 무엇을 딛고 살아야 할까?

* 인터넷 기사를 보다가.

내 고향 간이역

내가 어렸을 때
물망초 같은 사람들이 모여 사는
그곳에 가면
신림역이라는 간이역이 있다.

태백산 능선을 따라
흰 눈이 제일 먼저 내리는 골짜기
초라한 가로수들이
차창 밖으로 밀려 나가는 곳
뱀 꼬리 같은 열차 하나
폐광촌 언덕을 힘겹게 넘고 있다.

멀리서 범종 소리가 바람결에 날아오고
덜커덩 기차는 범종 소리도 싣고 떠난다.

집집마다 달빛에
곶감이 무르익는 밤이면
달빛에 젖은 초가삼간은
더덕술 향기에 젖는다.

>

신림역에서 용암리로 돌아서면
싸리나무 숲이 들어차 있다.
애꿎은 달을 보고 짖는
늑대들의 하소연도 들린다.

아직도 그곳에 가면
할매가 반겨 주실 듯한
옛 고향 역이 눈에 선하다.

못 부친 편지

죠지! 얼마나 억울한가요?
저 푸른 하늘로 구름과 바람으로
자유롭게 날아간 새 한 마리

마흔여섯의 나이로 직장도 없이 살던 죠지
단돈 20불 위조지폐 사용 혐의로
경찰이 짓누르는 무릎에 숨통이 막혀
스무 번 넘게 숨 막힌다고 호소하다가 죽었지요
이제는 편지가 가지 않는 땅에서 훌훌 털고 갔나요?
살아 있는 울음들이 가슴을 울릴 것입니다

오래전 날개가 돋은 줄 알았어요
이젠 자유롭게 날아도 되는 줄 알았어요
그러나 아직도 빗소리, 천둥소리가
공중을 떠도는 구름 속에서 들려요
그곳엔 정당한 법칙이 없나요?

앉은 자리 양보 좀 안 한다고
대낮에 백곰이 흑곰을 후려갈기던 날처럼
창밖의 빗방울 소리가 말합니다

뚜두둑! 유리창을 두드리며 구슬프게 우네요

백곰들이 노니는 거리에서는
흑곰들이 통곡하며
멀리서 가까이에서
사람들의 폐부를 찌르고 흔들기 시작했지요
그 울음소리 따라 하늘에선
번개가 치고 천둥이 울려 퍼졌어요

우리는 붉은 피를 지닌 자들입니다. 죠지!
같은 하늘과 바다, 나무, 자연에 살아가는
난 지구의 반대편에서 그저 묵념하며
저세상에서의 안식을 빌 뿐이지요
오직 흑과 백의 존엄성이 똑같기를 바라면서
부치지 못할 편지만 꾹꾹 눌러쓸 뿐
내 일기장에 기록으로 남겨 두네요.

저문 벌판에 땅을 파며

대나무 가지에 스며드는 바람
곧게 묶어 두고 싶은 세상일
그 생에 뜻대로 되는 일이 어디 있으랴

내 친구 언니는 가난에 지쳐서
천한 몸이 되어 화대를 챙기며 살았지!
사형대로 끌려가는 일만 남은
사형수의 축축했던 생처럼
하루하루를 무허가로 견뎠지!

노동자의 찢어진 러닝셔츠 속에서
숨 가쁜 갈비뼈가 거친 숨을 몰아쉬어도
센 바람에 쓰러지지 않는
서러운 별이 보인다지 않던가!

그녀는 센 바람에도 쓰러지지 않는
마른 나뭇가지가 되어 죽을 때까지 견뎠지!
늦은 밤 힘없이 낡은 벽시계가
쭈그러진 입술로 소란했던 하루를
사정없이 갉아먹는다고 해도

무너지지 않고 살았지!

자정을 넘어 끊어질 듯 이어지는
백발노인의 숨소리가 저세상으로
넘어갈 때까지는 같이 있어야 했지!
바다의 신 포세이돈*이 부를 때까지는
몸부림치며 살아 있어야 하므로,
가난은 뼛속에서 우는 거라고 말하면서
꾸역꾸역 하루하루를 이겨 냈던 친구의 언니.

* 포세이돈: 바다의 신이며 대지를 흔드는 왕.

세상의 소리

1.
긴 잠을 잤다.
벼랑 끝에서 죽은 나는
세상을 탈출하고 나니
지구가 사는 모습과 소리가 환하게 다 들린다.
미래 전쟁을 염려하여 핵을 만드는 사람들
전쟁이 끝난 연못가 널린 해골 속에 핀 연꽃
월남인의 넋이 물속에 그림자로 떠 있다.

2.
길 가는 사람에게 메탄올 넣은 미역을 먹여
정신을 잃게 하고 장기를 꺼내 파는 사람들
문화혁명 중에 혈액을 파는
중화인민공화국이 보인다.

3.
달빛 훤한 하늘을 보며
잠 못 이루던 밤
찢어진 신발을 신고
광고 전단을 붙이며 폐지를 주워도

남자는 허기져 있다.
벼랑 끝에서 죽어
세상의 빛과 어둠을 보는 나는
새벽녘 빛 볼 날을 소망하는
기복 신앙인의 발광이 보인다.
세상에 구름 끼고 비 오고 바람 불 때
점과 점으로 연결된 지구는
온갖 공해와 온난화로 생명을 위협한다.
죽어서도 영혼으로 보는 나는
아침마다 가로수 푸른 나무가 죽어 가고
퍼덕거리는 새소리가 사라지는 아픈 소식에
가슴에는 돌무덤이 쌓인다.

M 은행에서

증권 담당 젊은 직원이 말로써 말을 달린다
뾰족한 턱을 내밀며 미래 행복을 설명 중이다

저 날렵한 표정, 펜대를 손가락 사이로
요리조리 굴리는 묘기를 선보인다
원했던 기대치를 상대편 손님에게
전자파로 감득하게 한다

설명을 종이에 긁적이며 억지로 지은
젊은 사내의 미소가 어설프다
머릿속에 들어 있는 저 지식과 상술이
별처럼 튕겨 나와 반짝이고 있다

아, 맞다 닭 주둥이인 그대는
내가 상상하는 시의 일부분이구나!
날쌔고 압축된 시선으로
나에게 상징으로 날아오는 메타포 파편으로
그대의 주둥이를 콕콕 찍어
다섯 번째 시집을 만들 수 있다면
너의 상품을 사고 싶다

책방이 아닌 은행에서

너의 단단해진 부리를 사고 싶다.

다이어트

그이와 나는 아침에도 저녁에도 만 보 걷기를 한다
끊임없이 세상에 내민 배를 깎는다
배가 배를 내밀며 배는 또 배를 탄다
배 위에 그이와 나는 우울하게 앉아 있다
배를 움켜쥐고 마구 주무르고 꼬집는다
잘록해질 개미허리를 상상하며

오늘만 먹자
그이와 나는 배 속에 음식물을 마구 넣는다
내일 파티에도 가야 하는데
어떻게 하얀 드레스를 입을 건가?
오늘의 결심은 내일로 미루어진다

유리창 안 할로윈 불빛에 비친
예쁜 옷 입은 마네킹을 나인 양 바라보면서
나는 꿈속에서 날씬한 몸이 되어
유리창 너머에 있는 옷을 입어 본다

오늘도 그이와 나는 다이어트 중이다
살은 마르지 않고 붙어서 파도처럼 출렁이는데
꿈속에서도 매일 훌라후프를 빙글빙글 돌린다.

천재지변

1.

호주의 가뭄이 불 총을 쏜 후 폭우가 내렸어. 한순간에 지상을 물바다로 만들고 도시를 쓸어버렸어. 어제는 꽃밭에 쓰레기 더미가 쌓이고 강바닥에는 악어와 고기 떼가 비닐봉지를 뜯어 먹고 있었어.

2.

차들은 달리며 매연을 뿜어내고 벌판에서는 비닐과 페트병이 모여서 모임을 가졌어. 코로나-19는 이곳저곳으로 옮겨 다니며 기승을 부리는데 사람들은 여전히 철없는 꿈을 꾸고 있어. 주말에는 가족과 자전거를 타거나 캠핑을 갔으면 좋겠다고.

3.

가뭄과 홍수는 지금 우리에게 자연을 보호하라고 야단을 치고 있는지 몰라. 코로나-19도 그런 암시를 하는 걸까? 병에 걸려 죽어 간 자의 그림자는 없지만, 산 사람들은 집콕 방콕을 하며 자신을 돌아보고 있겠지. 그러나 악수를 잊어버린 사람들은 마스크로 얼굴을 가리고 서로 모른 척하고 있어.

종광 스님

다실에서 스님의 눈빛을 바라보면
찻잔에 잎이 녹듯
마음은 봄빛 되어 마냥 따듯했네
휘날리던 가사 자락 빛나던 그의 까까머리
두 손을 언제나 주머니에 넣고
뭔가 소중한 것을 쥔 듯 미소로 답하던
그때 그 모습

나 뚱뚱해졌지? 소년처럼 수줍어하던 얼굴
차를 마시다가도 염주를 들고 이걸 손에 끼어요.
그의 자비심이 내 가슴 깊이 큰 돌로 박혀 있는데
52세에 입적했다는 소식이
믿어지지 않네

아주 오래전 외롭던 나에게
조용히 기도하면 혼자여도 행복해요
스님 법문은 하나하나가 자비경 같은데
깊은 밤 명상을 하면 그의 법문은
비둘기 날개로 나를 살포시 감싸 주었지

>

가을 마지막 날 향불 꽂으러 가도 될까요, 스님?
아직도 내게는 스님이 세상을 깨우는 범종이었지.

깨달음

밤하늘 보며
참 나를 찾아 달 속으로 간다네.

짙은 사연 가슴 태우며
날뛰는 맥박 주체하지 못해
어둠의 적막 찾아 헤매고
불안한 마음 잠재우지 못해
타들어 가는 향불에 재를 날렸네.

찻잔 속에 달이 내 얼굴 환히 비추네
달은 마음도 없으니 자랑도 원망도 하지 않네
빛이 있을 때도 없을 때도 있으니
오만하지도 않다네.

찻잎이 뜨거운 찻잔에서 기지개를 켜듯이
내 마음 활짝 피면
밝은 세상이 잘 보이지 않을까

어둠에서 달을 보고 빛을 찾아
소를 타고 피리 부는 동자는
무엇을 찾아갈까?

보물 줍는 사내

새벽에 일어나 산속을 후벼 파며 보물을 줍는다는 사내. 육칠십 년대에 사 먹던 마징가Z 과자 봉지, 삼양 꼬꼬라면 봉지, 건빵 봉지를 펴서 액자에 넣어 판다는 사내. 오륙십 년대 누런색 진로 소주병, 양은 냄비, 막걸리를 담던 하얀 양은 주전자, 시발택시 부속품, 문고리, 놋그릇, 개다리소반, 기왓장, 군화, 가죽 신발, 검정 고무신, 나막신, 얼레빗, 나무 팽이, 얼레, 그림 딱지, 50년대 신문과 아리랑 잡지를 돗자리에 늘어놓았다. 때론 아이들이 몰려와 신기한 눈으로 보며 가지고 놀기도 한다. 남자아이들은, 지금은 없어진 자치기, 팽이, 썰매를 만져 본다. 색색으로 빛나는 전시물은 시간의 담을 넘은 고양이가 된다.

폐품이었던 신문, 잡지 활자가 살아서 그 시대로 돌아간다. 사내는 가난했던 어린 시절로 돌아간다.

마스크 쓴 도시

하늘이 화났다.
마스크 쓰고 지하철 계단 위아래로
숨은 턱에 차 있다.

A는 왠지 한쪽 어깨가 허전하다.
같이 일했던 어릴 적 친구가
대구로 파견 나간 후
코로나에 걸려 병원으로 실려 갔다.
그의 생사가 궁금하다.

어제 김 과장님이
재촉했던 일들이 떠오른다.
마스크 쓴 흉악범같이 희번덕이는 두 눈을 하고
회의실에 들어선 그는
동료와 냉랭한 인사를 나눈다.
정해진 거리만큼 떨어져 앉는다.
각자 인정받기 위해서인지
회의 안건은 심각하다.

회의가 끝나고 A는 신문을 보고 놀란다.

코로나-19로 집값만 오르고
북적이던 식당 골목마다 쓸쓸한 바람이 휩싸인다.

내일이 A의 아버지 기일이다.
코로나로 오지 말라는 어머니의 간곡한 당부
복도 끝에서 애꿎은 담배만 피우고 있는데
핸드폰 울림마저 모차르트의 《레퀴엠 D 마이너》로 들린다.
대구로 파견 간 친구의 소식이다.
A는 사무실에 앉아 있기가 겁이 나고 불안하다.

드럼 세탁기

미스 드럼은 훌라후프 하는 여자처럼 몸통을 돌리지요
와이셔츠와 남녀 팬티 해어져 가는 양말짝들로
말끔하게 세상 때를 닦아 내는 빗줄기 같아요

룰루랄라 룰루 노래 부르면서
그녀의 주인은 갑자기
그녀의 가슴을 콱 빼 버리며
둥근 가슴에다 구정물에 절은 옷을
쭉 밀어 넣지요

그녀의 몸은 외롭게 돌면서
문지르고 거품을 뿜어내고
더러운 생을 청결하고 맑게
사람들의 얼룩진 무늬를
하얀빛으로 햇살을 깨물게 하네요

그녀는 더럽던 옷을
사랑의 손으로 매만지고
깊게 상처 난 옷은
그녀 혓바닥으로 핥아 주는 거예요

>

때론 담배에 절은 옷이

그녀의 눈빛을 흐리게 하네요

술에 절은 옷들이

그녀를 취하게 할 때도 있어요

자신도 술주정하듯

득 득득 소리를 내고 있어요

그녀의 주인은 무자비하게

그녀의 젖꼭지를 비틀며 누르고 말지요

한순간의 어두운 절망이

부풀어 오른 거품으로 빠져나와서

그녀의 몸통에서는

여러 송이 백장미가 눈부시게 피어나지요

생은 고통 있음에 고통이 없어지는 걸까요?

말, 말, 말.

2020 칫솔들의 세상은 시끄럽다

A 칫솔은 오늘도 시청 앞 광장에서 시위 중이다. 자신은 성령의 은혜를 받아 코로나-19도 겁나지 않는다고 한다. 이 칫솔은 오늘도 구린내 나는 입을 닦고 있다.

B 칫솔은 미투 사건으로 자살했다. B 칫솔을 고발한 C 칫솔은 억울해서 울고 있다. 이 칫솔들은 오늘 말 많은 입들을 닦고 있다.

세상이 어떻게 흘러가거나 말거나, 트로트 선풍을 불러온 은박이 D 칫솔은 오늘도 흥얼거린다. 이 칫솔은 오늘 생각 없이 사는 사람들의 이를 닦고 있다.

가슴 쓸어내린 역사와 함께해 온 E 칫솔은 오해를 받고 있다. 위안부를 이용해 이익을 챙겼다는 오해. 이 칫솔은 오늘 지나간 세월을 닦고 있다.

좋은 칫솔인 척 구수한 말을 쏟아 내어 시민들의 대변인 행세를 해 온 F 칫솔은 코로나-19에 걸려 투병 중이다. 이 칫솔은 오늘 단내 나는 혀를 닦고 있다.

TV 뉴스 앵커인 H 칫솔은 자꾸만 방송국을 빠져나가려 한다. 이 칫솔은 오늘 날이면 날마다 세계 곳곳에서 일어나는 사건들에 노이로제가 걸릴 지경인 사람들의 혀를 닦고 있다.

일반의 Y 칫솔들은 오늘도 햇빛을 보지 못하고 일하는 중이다. 개중엔 노숙자로 전락하여 공중화장실에서 몰래 이를 닦는 J 칫솔도 있다. 이 칫솔들은 오늘 우울한 사람들의 입을 닦고 있다.

생生과 사死

보디사트바 너는 아느냐?
생은 고통의 바다에서 헤엄치다가
고통의 바다를 건너가는 것을

보디사트바 너는 느꼈더냐?
사랑은 잠시 흩어진 구름 속에서
뭉게구름으로 뽀얗게 흐르다가
번개가 번쩍하는 찰나의 불빛과 같다는 것을

보디사트바 너는 아쉬워 말라!
생은 태양이 잠시 뜨겁게 살갗을 데운 것
비 갠 다음 흥건한 발아래
차마 마르지 않은 축축한 초목들의 울음인 것을

보디사트바 너는 서러워 마라!
우리 모두 태어나기 전부터 하나의 점이었고
태어난 후에는 손 뻗어 가지려다
흘러 버린 무심을 잡을 수 있었더냐?
돈, 명예, 사랑, 자식, 재산 모두 가질 것 같아서
잡으려다 놓치고 놓쳐 버린 아쉬움에 헤매다

분노하고 지쳐 버린 세월 속에서 휘청이더라!

생은 사다리를 오르다가 내려가는 것
나무를 타는 원숭이도 언젠가는 떨어져
오르지도 못하고 생을 마감하더라
우리의 살이 녹고 사라져도
죽은 후 생명은 또 잉태하고
죽음이 곧 다음 생의 시초더라!

이러한 이치를 가르쳐 주신 고故 대현 스님의 은덕
강애나가 여기에 기록하노라!

나무 마하 반야바라밀
2021년 12월 19일 저녁 8시 45분

아주 가끔은 불법 주차를 하고 싶다

바쁜 도로변에 버티고 선
30분 주차 표지판을 싹 지우고
3시간으로 바꿨으면 좋겠다

때론 나의 주차 표지판도 떼고 싶다
아내며 엄마란 이름에서 벗어나
고래 등에서 서핑 보드 타는 소녀가 되어
철썩이는 파도에 키스하고 싶다

도로교통법, 주차 금지,
사람들이 만든 법의 사슬에서 풀려나
토끼와 거북이가 있고
풀벌레 소리 들리는 들판에서 맘껏 뒹굴다가
간혹 자유롭게 거리로 뛰어나가
불법 주차해도 되는 날이 있으면 좋겠다

그러다가 청록색 바람이 질주하는 도로에서
가을로 휘날리는 노란 은행잎들 모아
미니스커트를 만들어 엉덩이 씰룩이며 거리를 걷고 싶다.

해 설

근원적 존재론을 발견해 가는 따뜻한 서정

유성호(문학평론가, 한양대학교 국문과 교수)

1. 서정시의 본령과 언어의 맑은 샘

강애나 시인의 새로운 시집 『범종과 맥파이』(천년의시작, 2022)는 그녀가 겪어 온 오랜 시간을 담아 펴낸 순연한 열정과 진정성의 기록이다. 코로나 팬데믹 사태를 겪으면서 갇혀 있던 서정의 삽화랄까 이야기랄까 하는 것들이 밀도 있게 제자리를 찾았고, 궁극적으로는 서정시를 동반자로 여기면서 살아온 시인 자신의 강렬한 경험과 상상력이 깊이 배어 있는 미학적 결실인 셈이다. 아닌 게 아니라 시인은 자기 확인에 따르는 일정한 두려움을 품고 넘으면서 그 과정에서 느낀 절실함을 우리에게 온몸으로 들려준다. 이때 그녀의 시 세계는 단순한 자기도취나 나르시스적 몽환에 갇히지 않고 서정시의 완결된 미학을 통한 고유한 경험으로 포괄해 간다. 그리고 그 미학은 오랜 기억의 흔적을 수반하면서 더 깊은 존재론적 근원으로 흘러가고 있다 할 것이다.

우리가 잘 알듯이, 서정시는 시인 스스로를 탐색하고 성찰하는 속성이 강한 언어 예술이다. 서정시의 근원적 창작 동기는 자기 탐구와 확인에 가로놓여 있는 것이다. 나아가 그것은 수많은 타자들로 권역을 확장해 가면서 세상을 창의적인 원근법으로 바라보게끔 하는 역할을 하기도 한다. 그때 서정시는 개인의 경험에 함몰되지 않고 보편적 지평으로 자신의 몸을 끌어 올리게 된다. 강애나 시인이 들려주는 서정시의 본령 역시 이러한 속성을 여지없이 충족해 가면서 우리를 언어의 맑은 샘으로 인도해 간다. 이는 우리로 하여금 자아와 세계가 한 사람의 경험 속에서 접점을 형성하며 소통하는 미학을 발견하게끔 해 주면서, 오랜 기억의 원리와 사랑의 시학을 인지해 가게끔 하는 데 크게 기여하고 있다. 이제 그 세계 안으로 한 걸음씩 들어가 보도록 하자.

2. 밝은 눈으로 가 닿는 근원적 생명 의식

강애나는 오랜 시간의 흐름 속에서 타자들을 만나 겪은 기억을 스스럼없이 서정시의 근간으로 삼아 온 시인이다. 그녀는 스스로 지나온 시간의 마디를 작품 안에 구체적으로 되살리면서, 행간마다 은폐되어 있는 시간의 흔적을 소중하게 재구성해 간다. 살갑고 친숙한 음역音域을 세상의 표면으로 끌어 올리면서 인간의 내면과 자연 사물을 결속하고 유추하는 작업을 지속적으로 수행해 온 것이다. 흐르는 시간과 남겨진 시간 사이에서 가장 소중하게 남을 세상의 모든 것에 대하여 서정시를 써 가는 강애나의 긍정적 에너지는 이렇게 우리로 하여금 깊은 감동과 여운을 경험하게끔 해 주기에 충분하다. 먼저 시집 표제작을 읽어 보도록 하자.

새벽을 깨우는 것은
범종 소리뿐만 아니다.

꺼겅꺼겅! 아침에 우는 맥파이는
하루를 멀리 보내기 위한
시간의 저울이라고 생각한 적 있지
꺼겅꺼겅! 맥파이가 울림을 토하는 건
세상 어둠을 쓸어버리기 위해
흙 속에 잠자던 푸른 생명까지
끌어 올리는 거라고 느끼고 있어

맥파이가
쉬고 있는 유칼립투스의 귀를 열어
긴장된 울림이 허공으로 퍼지면
땅에서 기어오르는 뿌연 안개 커튼을
날개로 걷어 내려고 안간힘을 쓰겠지
마치, 바람개비가

바람에 얻어맞아 끊임없이 돌아가듯
날개의 깃털은 바람을 따라
시원함을 들여오고
대지의 뜨거움을 몰아내려는
시간의 몸부림이야

꺼겅꺼겅 메아리는 대지의 경계를 넘어
유칼립투스에 푸른 시계를 걸어 놓지
일출과 일몰을 알리는 맥파이 부리가
힘겹다는 걸 느낀 적 있지
새벽을 깨우는 맥파이는
잠자는 모든 생을 깨우치게 하는
범종의 보디사트바Bodhisattva야
천 개의 손이 만들어 내는 바람은
초록 들판으로 펼쳐 가고
하나의 생명이 기쁜 울음을 토하면
또 하나의 생명은 울음을 멈추지.

—「범종과 맥파이」 전문

'맥파이'는 호주에서 사는 일종의 까치를 말한다. 시인은 그 맥파이가 여러 울음소리를 내는 점에 착안하여 작품을 썼다. 새벽을 깨우는 것이 사찰 범종 소리만은 아니었던 것이 바로 맥파이의 울음소리가 있었기 때문이다. 아침에 우는 맥파이야말로 "하루를 멀리 보내기 위한/ 시간의 저울"로 시인에게 아득하게 찾아온다. 세상에 편만한 어둠을 쓸어버리려고 흙 속 푸른 생명까지 끌어 올리는 그 울음소리는 긴장된 울림으로 허공까지 멀리 번져 간다. 바람개비가 돌아가듯이 맥파이의 날개는 대지의 뜨거움을 몰아내는 몸부림처럼 역동적 순간을 창조해 낸다. 대지의 경계를 넘어 유칼립투스에 푸른 시계를 걸어 놓는 그들의 울음소리야말로 "잠자는 모든 생을 깨우치게 하는/ 범종의 보디사트바Bodhisattva야"처럼 하나의 생명이 태어나고 또 하나의 생명이 울음을 멈추는 자연 운행 원리를 수행하는 주인공이 되는 셈이다. 이처럼 강애나 시인은 새벽을 깨우는 범종과 맥파이를 '소리'로 연결시키면서 이들의 상징적 면모를 통해 "시어詩語로 곰삭혀 온 말과 말이 말갈기로 달려와 언어의 향기를 나누고"(「시인의 말」) 있는 장면을 보여 준다. 이때 호주 명품인 맥파이는 "세상을 깨우는 범종"(「종광 스님」)과 함께 "지구의 앞날을 알리는 시적 메타포"(「흔적의 알레고리」)로 거듭나게 된다. 생명 지향의 세계를 꿈꾸어 가는 강애나 시학이 매우 구체적인 심상을 거느리면서 태어난 명품이 아닐 수 없을 것이다. 다음은 어떠한가.

마침내, 나무에 하얀 목련이 활짝
초록 잎새를 피우는 봄이 왔구나
창밖에는 목련이 종을 치며
폭죽을 터트리고 기쁜 마음으로
한 번지수를 갖게 되었구나

꽃과 꽃들이 모여서 향기를 피우면
새와 새들은 하늘을 날면서 노래 부르리
두 송이 꽃이 나비와 벌을 부르며
부지런히 가정과 사회에 단꿀을 모으리

한 조각 빵을 나누어 먹으며
믿음과 소망과 웃음으로 부자가 되고
뜨는 해와 달을 보며
진한 커피 향으로
매일 새로운 아침 맞이하기를
꽃 피는 창가, 항상 한 쌍의
나비와 벌처럼 나풀나풀 춤추며 살기를

—「하나가 된 기쁨 2」 전문

시인은 나무에 하얀 목련이 피어나는 봄을 맞아 그 아름다운 시간을 경쾌하게 들려준다. 가령 목련이 종을 치고 폭죽을 터뜨리는 상상을 하면서 그것이 목련의 번지수를 안착시켰다고 노래한다. 꽃들이 모여 향기를 피워 올리고 새들은 하늘을 날면서 노래 부르는 곳에서 시인은 꽃 두 송이가 가정과 사회에 단꿀을 부지런히 모아 온 시간을 상상한다. 그때 시인은 믿음과 소망이 불러오는 웃음을 통해 매일 새로운 아침을 맞이하고 꽃 피는 창가에서 기쁨을 누린다. 이 또한 생명 가득한 화원花園의 미학적 지도地圖를 연상케 하는 심미적 표상일 것이다. "꽃은 꽃씨로 흩어져/ 새로운 생을 꿈꾼"(「떠도는 장미」) 흔적이 그 안에 진하게 녹아 있고, 우리는 그 심상을 통해 "고요하고 푸른 나무들이 기다리는/ 섬에 닿을"(「삶」) 것이다.

결국 강애나의 시는 지상의 외피를 뚫고 그 이면을 바라보게 하는 시선을 견고하게 보여 준다. 그녀는 대상의 본질을 재발견하면서 그것에 얽힌 경험적 구체를 선연하게 들려주는데, 그렇게 밝은 눈을 가진 사람을 일러 시인 랭보(A. Rimbaud)는 '견자(見者, Voyant)'라고 지칭했거니와 강애나의 시선은 대상의 이치를 꿰뚫어 근원을 투시하는 견자로서의 속성을 넉넉하게 품고 있다. 강애나 시편이 이러한 견자의 모습을 보여 주는 것은 매우 뜻깊은 사례라 할 것이다. 그 결과 강애나의 시적 수원水源은 개성적인 생각과 기억에 옷을 입히면서 시인으로서 가 닿을 수 있는 가장 깊은 기억으로 잠입하게 된다. 그러한 경험적 구체성이 그녀의 시선으로 하여금 스스로의 쓸쓸한 고독을 응시하게끔 하고 그녀의 시로 하여금 밝은 눈으로 가 닿는 근원적 생명 의식을 가지게끔 해 준 것이다.

3. 존재론적 기원의 상상과 탈환

다음으로 강애나 시인은 이번 시집에 스스로의 존재론적 기원起源을 상상하고 탈환하는 시편들을 차곡차곡 눌러 담았다. 그녀에게 서정시는 삶에 대한 위안과 치유의 마음에서 비롯하여 동시에 거기서 완성되어야 하는 그 무엇이기

때문일 것이다. 그것은 불모의 땅을 기억의 원리로 견디면서 사랑의 시학으로 수렴하려는 마음의 생태학에서 비롯되는 것이기도 하다. 그렇게 시인은 오랜 이국異國 생활에서 힘겨울 때면 서정시를 통해 위로와 충전을 받아 왔는데 이때 기억의 원리와 사랑의 시학으로 짜인 이번 시집은 시인에게 '시의 집'이 되어 빛을 쏘아 줄 것이다. 더불어 독자들은 서정시에 대한 순연한 열정과 진정성의 실례를 경험하게 될 것이다. 아프고 고독하고 쓸쓸하고 힘겨웠지만 그래도 그 시간을 기억과 사랑으로 견디고 치유하고 극복해 온 시인의 아름다운 고백과 증언이 다음에 펼쳐지는데 먼저 그것은 가장 깊은 기억 속에 흐르는 '내 고향'의 모습으로 다가오고 있다.

내가 어렸을 때
물망초 같은 사람들이 모여 사는
그곳에 가면
신림역이라는 간이역이 있다.

태백산 능선을 따라
흰 눈이 제일 먼저 내리는 골짜기
초라한 가로수들이
차창 밖으로 밀려 나가는 곳
뱀 꼬리 같은 열차 하나
폐광촌 언덕을 힘겹게 넘고 있다.

멀리서 범종 소리가 바람결에 날아오고
덜커덩 기차는 범종 소리도 싣고 떠난다.

집집마다 달빛에
곶감이 무르익는 밤이면
달빛에 젖은 초가삼간은
더덕술 향기에 젖는다.

신림역에서 용암리로 돌아서면
싸리나무 숲이 들어차 있다.
애꿎은 달을 보고 짖는
늑대들의 하소연도 들린다.

아직도 그곳에 가면
할매가 반겨 주실 듯한
옛 고향 역이 눈에 선하다.

—「내 고향 간이역」 전문

시인의 기억은 어릴 적 고향의 간이역을 향하고 있다. "물망초 같은 사람들"이 모여 살던 그곳 간이역은 가로수들을 차창 밖으로 밀어내는 처음의 순간을 간직하고 있었다. 태백산 능선을 따라 눈이 제일 먼저 내리는 골짜기의 나무들은 폐광촌 언덕을 힘겹게 넘는 기차와 함께 아련한 기억을 시인에게 선사한다. 범종 소리가 바람결에 날아올 때 그것마저 싣고 떠나던 기차는 "달빛에 젖은 초가삼간"의 더덕술 향기와 함께 시인을 젖어 들게 한다. 그러니 지금도 시인의 시선에 "할매가 반겨 주실 듯한/ 옛 고향 역"이 선하게 들어오는 게 아니겠는가. 이 작품에는 이처럼 고향에 대한 절절한 향수도 있고 모어母語에 대한 애착도 가득하고 살아온 세월에 대한 사색과 지금은 헤어진 이들에 대한 그리움도 가로놓여 있다. 비록 "절명의 소리"(「무명의 가시밭길」)를 품은 이역異域의 삶이 오랠지라도 시인에게는 "별들이 우르르 떨어져 내 눈물방울"(「흰 눈 사이 동백꽃 봉오리」)에 들어온 그 순간이 이러한 심미성으로 남아 있었기 때문이다. 그렇게 "말없이 가슴과 가슴으로 비비던 말들"(「어느 시인 부부」)은 시인에게 지울 수 없는 존재론적 기원으로 남아 있었던 것이다.

> 하쿠바(白馬)의 지붕마다 150센티의 눈이 쌓인다. 멀리서 유황 냄새가 난다. 산양들은 까마귀 떼를 따라서 높은 하쿠바산으로 오른다. 앞서가는 까마귀가 백 년이 넘은 초가지붕 위에 앉으면 산양들은 비로소 풀을 뜯는다.
>
> 초가지붕에 쌓인 눈이 우두둑우두둑 소릴 내는데도 무너지지 않는다. 얼마나 많은 사람이 여기서 머물다 떠났을까! 까마귀와 산양 떼가 마을 어귀로 고개를 돌리더니, 저녁 해거름 속으로 빨려 들어간다. 산양은 까마귀가 날아가는 노을을 바라보다가, 다시 높은 기둥이 있는 헛간을 찾는다.
>
> 마을에는 백 년이 넘는 빈 초가가 드문드문 있다. 대나무

담장은 헌 옷처럼 힘없이 내려앉았다. 마당에는 새들과 산양의 발자국이 눈꽃처럼 펼쳐져 있다. 산양들은 그 집에서 꿈을 꾸고, 까마귀가 안내하는 지난 시간을 먹어 치운다.

저 멀리 양들의 자리가 된 아리에스가 보인다. 아리에스는 어둠 속에서 산양에게 눈짓을 보낸다. 그럴 때면 산양들은 발소리를 죽이며 오래오래 하늘을 바라보다 눈 속의 언 풀들을 찾기 시작한다.

빈 초가 위로 하얀 별빛이 꼬리를 달고 날아다닌다. 초가 지붕 아래에서, 나는 가와바타 야스나리의 『설국』에 나오는 설산의 눈사람이 되어, 이 세상에 작은 흔적을 남기고 떠나간 아버지를 생각한다.

오래전에 같이 왔던 이 빈 초가에는 아버지의 모습이 눈 속에서 별빛으로 빛난다.

—「하쿠바(白馬)의 빈 초가」 전문

하쿠바는 일본의 산골 마을로서 겨울에 정말 눈이 많이 내리는 곳이다. 시인은 이 폭설의 공간에서 자신의 존재론을 떠올린다. 지붕마다 사람 키만 한 눈이 쌓이고 멀리서는 유황 냄새가 끼쳐 오는 그곳에서 산양들은 까마귀 떼를 따라 높은 산으로 올라가 풀을 뜯는다. 수많은 이들이 머물다 떠났을 눈의 고장에서 까마귀와 산양 떼가 맞아들이는 해거름 속 노을의 이미지가 선명하게 다가온다. 새들과 산양 발자국이 찍힌 초가의 마당에서 시인은 별빛이 꼬리를 달고 날아다니는 것을 보면서 가와바타 야스나리의 소설 『설국』을 떠올린다. 그리고 "세상에 작은 흔적을 남기고 떠나간 아버지"를 생각한다. 오래전 함께 왔던 빈 초가에서 아버지 모습을 떠올리면서 시인은 "눈 속에서 별빛으로" 빛나는 순간을 바라보고 있는 것이다. 그 순간에 돋을새김되는 '아버지'야말로 시인에게 언제나 선하게 나타나시는 존재론적 기원일 것이다. 그야말로 아버지는 "수평선 저 멀리/ 태양을 실은 노을 한 척이 사라져 가"(「클로벨리 바닷가」)는 순간에도 또렷이 자신의 모습을 보여 주시면서 "어둡고 보이지 않는 곳을 찾아다니며 상처를 보듬어 주는"(「달 사내」) 존재였을 것이다. 시인으로 하여금 어릴 적 고향이나 아버지를 생각하게끔 해 준 이 아득한 세월은 그녀의 시가 필연적으로 성찰적 속성과 함께 오랜 기다림의 자의식으로 충일한 세계를 가지고 있음을 선명하게 알려 주고 있다. 타자를 향한 사랑과 오랜 기다림으로 충만한 자기 탐색의 갈망을 구체화한 것이 결국 그녀 시편의 일관된 힘이었던 것이다.

주지하듯 서정시는 시인 자신에 대한 탐색과 성찰을 목표로 하는 언어 양식이다. 소설이나 희곡이 상대적으로 세계 탐색의 성격을 크게 견지하고 있는 데 비해 서정시의 이러한 자기 탐구 성격은 매우 각별하게 인정되고 있다. 그만큼 서정시의 근원은 자기 확인 과정에 있다. 시인 자신의 가장 친숙한 근원이라고 할 수 있는 고향과 아버지에 대한 기억을 통해 시인은 그러한 과정을 하나하나 풀어 간다. 말

할 것도 없이 그러한 과정은 과거적 삶에 대한 사실적 재현이 아니라 주체의 현재적 욕망에 의해 선택되고 배제되고 재구성되는 어떤 것으로 몸을 바꾼다. 강애나 시인이 구성하고 배치하는 기억 역시 현재의 시인이 갈망하는 삶의 형식을 고스란히 담고 있게 된다는 점에서 시인의 기억은 사라져 버린 풍경을 아름답게 재현하면서 우리가 잃어버리고 살아가는 가치들을 되새기게끔 해 준다. 그때 비로소 그녀만의 존재론적 기원의 상상과 탈환 과정이 이루어지고 있는 것이다.

4. 세계의 심층으로서의 시원始原 탐색 과정

다음으로 강애나 시인이 도달하는 곳은 세계의 심층으로서의 시원始原이다. 그녀가 열망하는 대상은 한결같이 오래된 어떤 성스러움(the sacred)의 분위기에 감싸여 있다. 그 안에는 뭇 사물이 들려주는 소리를 통해 이른바 '원초적 통일성'으로 귀일하려는 열망이 줄곧 드러난다. 여기서 시인이 귀 기울이며 듣는 것은 그러한 오래된 성스러움을 담은 어떤 근원적 소리로서의 시원이다. 이는 신성한 옛 모습들이 스스로를 드러내는 순간을 포착한 결과로서 그 안에는 자연 사물에서 시원의 뿌리를 발견하려는 시인의 열망이 강렬하게 담겨 있는 것이다. 이 점, 강애나 시인의 시선과 감각이 가장 멀고 오랜 근원을 투시하고 매만지는 데서 발원한다는 것을 선명하게 알려 주고 있다.

요세미티국립공원 산 중턱에 세쿼이아나무들이 서 있다. 허옇게 마른 가지로 온몸을 햇볕에 태우고 있다. 늘어져 있는 나무를 보면 미국 원주민들이 불 피우고 노래했던 옛 모습이 떠오른다. 어떤 나무는 굴이 되어 차가 지나다닌다.

세쿼이아 잎 냄새에는 슬픈 미국 원주민 노래가 묻어난다. 나무는 둘레 30미터가 넘고 높이 80미터의 우듬지에서 보일 듯 말 듯 겸손해한다.

갑자기 모래 위로 검은 실뱀이 구불텅구불텅 다가온다. 아이들이 소리치며 잡으려 한다. 나는 "Please don't catch" 소리친다. 뱀이 알아차렸는지 나에게 구원을 청하듯 다가온다. 무서워 뒷걸음질을 해도 계속 다가온다. 어디로 가야 할지 우물쭈물 세쿼이아나무 뒤로 숨어 나무를 껴안는다. 어머니의 품속 같은 냄새가 난다.

오후의 햇살이 부드럽게 다가온다. 바람이 부는 곳, 미국 원주민 옷을 입은 사람이 기타를 들고 노래를 부른다.

"죽을 만큼 간절하다면, 세쿼이아나무가 있는 요세미티에 와 보라!"

—「요세미티」 전문

'요세미티'는 미국 캘리포니아 중부에 있는 수려한 산악 지대이다. 그곳 산 중턱에 서 있는 '세쿼이아나무들'은 마른 가지로 하얀 몸을 햇볕에 태우고 있다. 그 나무들 풍경에서 시인은 원주민들이 불 피우면서 불렀을 슬픈 노래들을 떠올린다. 때로는 굴을 이루기도 하고 때로는 한없이 겸손해하는 이 나무들에서 시인은 "어머니의 품속 같은 냄새"를 발견한다. 오후 햇살이 부드럽게 다가오고 바람이 부는 곳에서 원주민 옷을 입은 사람의 기타 연주와 노래를 들으면서 오래전 사라져 버린 그곳 역사를 톺아보고 궁극적으로는 "세쿼이아나무가 있는 요세미티"에서 존재의 시원을 상상해 보는 것이다. 그만큼 강애나는 "새 신발 새 옷이 낡을 때까지/ 자유로운 광장에서 노래하기를"(「임인년 새해 모두」) 염원하면서 그 "음률은 사랑과 고독의 팡세"(「감성 멜로디」)임을 우리에게 보여 주는 존재론의 시인이다. 그녀가 발화한 "격정적 붉은 율동"(「플라멩코 추는 연인」)이 우리 마음속으로 한없이 퍼져 가고 있다.

> 시드니 올림픽파크를 걷다 보면 맹그로브나무가 갯벌에 울창하다. 갯벌엔 작은 게와 곤충과 장어와 물고기가 산다. 맹그로브는 갯벌에 싹을 틔운다. 질펀한 생의 한가운데서 더러운 물을 빨아들이며 맑은 물을 만드는 맹그로브. 나는 맹그로브나무에 무엇으로 감사해야 하나. 그곳엔 원주민들이 써 놓은 영시英詩가 있다. "맹그로브는 쿠카바라를 부르고, 쿠카바라는 사람들에게 시간을 알리고, 맹그로브

가지 사이로 바람을 불러서 울긋불긋 사계절은 찾아온다."
다리 바닥에 써 놓은 시를 읽어 가며 한 발 한 발 건노라
면 내 마음도 그 시인의 마음이 되어, 갯벌에서 맹그로브
처럼 자라서 이웃에게 맑은 물을 전해 주는 시인이면 좋겠
다. 뉘엿뉘엿 지는 해가 맹그로브나무에 붉게 물든다. 지
친 내 영혼도 붉게 물드는 맹그로브에 기대어 맑고 활기차
게 뻗어 가고 싶다.

—「맹그로브나무」 전문

시인은 시드니 올림픽파크를 따라 펼쳐진 갯벌에서 맹그로브 숲을 발견한다. 맹그로브는 붉은 뿌리가 밖으로 튀어나와 장관을 이루는 이색적인 나무다. 뭇 목숨들이 살아가는 갯벌에서 맹그로브는 싹을 틔우고 생의 한가운데서 더러운 물을 맑은 물로 바꾸어 간다. 마치 그 존재 방식은 시인의 그것을 닮았다. 시인은 맹그로브 근처에서 원주민들이 쓴 영시英詩를 발견하는데, 맹그로브와 새와 바람, 시간과 계절의 상관관계가 펼쳐진 아름다운 시편을 마음에 두면서 시인은 자신이 "갯벌에서 맹그로브처럼 자라서 이웃에게 맑은 물을 전해 주는 시인"이 되기를 소망해 본다. 해거름 황혼이 맹그로브에 물들 때 시인의 마음에 노을처럼 번져 오는 것은 그렇게 "붉게 물드는 맹그로브에 기대어 맑고 활기차게 뻗어 가고" 싶은 시인의 영혼이었을 것이다. 이 또한 존재의 시원을 그리는 시인의 마음을 보여 주는 사례일 것이다. "보신각종보다 더 큰 시인이 되기 위해 무명의 세월

을 견디고"(「12월 31일생」) 살아온 자신의 생애가 "빛과 빛 사이로"(「겨울바람과 성에꽃」) 번져 가는 그 순간을 강애나 시인은 놓치지 않았던 것이다.

이처럼 강애나 시인이 구축하는 시적 공간에는 '세쿼이아'와 '맹그로브'가 산다. 그것들은 신성과 인간을 단호하게 격절隔絕시킨 배타적 세계가 아니라, 그녀로 하여금 신성과 인간이 공존하는 공간을 구축하게끔 도와주는 역할을 한다. 물론 그 공간은 꿈을 통해 가 닿을 수밖에 없는 미실현의 공간이고 시인으로서는 상상적 작업을 멈출 수 없는 곳이기도 하다. 따라서 신성과 인간이 공존하는 세계를 향한 상상력은 지상에서 결핍된 성스러운 가치에 대한 회복 의지에 의해 감싸여 있을 수밖에 없다. 그것은 자연 사물의 이미지를 포착하고 묘사하여 그 안에 자신이 발견한 삶의 근원적 가치를 개입시키는 작법으로 이루어진다. 그 세계를 통해 우리는 시인의 아름다운 목소리 하나를 가지게 된 것이다.

5. 서정시의 가장 원초적인 구경究竟

모든 사물의 속성은 한동안 그 사물을 규율하고 규정하다가 세월의 풍화를 겪으면서 차츰 약화되거나 소멸되어 간다. 하지만 한편으로 우리는 이 소멸 양상이 또 다른 생성을 준비하는 불가피한 단계라는 것을 알고 있다. 아니 모든 소멸의 과정에 생성의 기운이 잉태되고 있다고 보아도 좋을 것이다. 가령 사람과 사람 사이의 만남과 헤어짐, 정서의 충만과 결핍 같은 것들은 사실 한 몸으로 결속되어 있는 두 가지 징후일 뿐이지 않은가. 이 모든 것들이 우리가 완전하게 고립된 단독자單獨者가 아니라 생성과 소멸 과정을 통해 서로의 몸에 각인되는 상호 결속의 존재자라는 사실을 알려주고 있는 것이다.

또한 우리는 강애나의 시를 통해 시간을 객관적 실체가 아닌 사후적事後的 흔적으로 경험하게 된다. 그녀의 서정시는 시간이야말로 사람마다 다른 기억 속에서 재구성되는 것임을 풍요롭게 암시해 준다. 그리고 그것을 기억하는 양상도 모두 달라서 어떤 경우는 세월의 흐름으로 어떤 경우는 기원의 아득함으로 어떤 경우는 삶의 구석구석에 존재하는 일상성의 표정으로 간직되는 것이다. 그만큼 강애나 시인은 이러한 순간적 경험을 통해 근원적 감각을 탈환하면서, 시간의 흔적에 대한 기억으로 서정시의 제일의적 자산을 확보해 간 것이다. 그렇게 강애나의 이번 시집은 시간을 되돌릴 수 없다는 그리움에 감싸여 있으면서 서정시의 가장 원초적인 구경究竟을 확인해 가는 도정을 담고 있다. 이처럼 소담스러운 성과를 올린 강애나 시인의 미래는 더욱 근원적인 언어와 상상력 속에서 구현될 것으로 기대된다. 이번 시집에서 근원적 존재론을 발견해 가는 따뜻한 서정의 성과를 보여 준 그 성취를 품고 넘으면서 '시인 강애나'의 더욱 깊어진 세계가 앞으로도 지속적이고 균질적으로 펼쳐져 가기를, 마음 깊이 희원해 본다.